母をさがす

GIベビー、ベルさんの戦後

岡部えつ

亜紀書房

目次

本書には、今日の観点からみると差別的表現ととられかねない箇所が散見しますが、筆者及び発言者自身に差別的意図はなく、登場人物の生きてきた時代性やそれらの用語が使われてきた歴史性に鑑み、そのままとしています。

アネッタ、麗子《れいこ》、ベル。その人には、三つの名前がある。

彼女が最初に認識した自分の名は、アネッタだった。物心ついてから十八歳まで育ったカトリック教会系の児童養護施設で、シスターたちから呼ばれていた洗礼名だ。

「小学校に上がるまで、自分はアネッタだと思ってて、他に名前があるなんて知らなかった」

小学校に入学すると、ランドセルや学用品には「堤《つつみ》麗子」と書かれた。「麗子」は、おそらく彼女の母親がつけた名だ。どんな思いをこめて、どんな状況下で名づけたのか、彼女は誰からも聞かされていない。

十八歳で児童養護施設を退所したあと、病院で住み込みの雑用係として働いたものの、二年ともたずにそこを辞め、キャバレーで働き始めた。そのとき自分でつけた源氏名が「ベル」だ。

以降、彼女はずっと「ベル」として生きてきた。わたしが出会ったのも、ベルさんだった。

　ベルさんが白人とのハーフであることは、見た目からすぐにわかったし、親しくなってからは、一九四九年生まれであることも知っていた。なのにわたしは彼女を、米兵と日本人女性との間に生まれた混血児、《GI《ジーアイ》ベビー》と呼ばれた子供たちと、すぐには結びつけることができなかった。GIベビーが物語の核となる映画『人間の証明』[*1]は何度も観ていたし、それに出演していたジョー山中をはじめ、芸能界にはGIを父とするタレントが何人もいることは知っていた。児童養護施設のエリザベス・サンダース・ホームとその創設者澤田美喜《さわだみき》の話にも、テレビや本で何度も触れたことがあった。RAA（特殊慰安施設協会）についての本も、自宅の本棚にある。それなのに、ベルさんがそういう子供たちの一人だとは、すぐには気づけなかった。

　これには二つ理由がある。ベルさん自身がその認識をはっきり持っていなかったことと、わたしが、いくつかの思い込みにとらわれていたことだ。

　思い込みの一つは、戦後日本が占領下にあった期間を、二年程度だと思っていたこと。もう一つは、進駐軍が駐留していた場所を、関東なら横須賀、厚木、立川、福生《ふっさ》、東北は三沢、九州は佐世保といった、映画や小説によく出てくる場所だけだと思っていたこと。さらに、孤児となったGIベビーが収容されていたのは、エリザベス・サンダース・ホームだけ、という思い込みもあった。

このため、終戦四年後に札幌で生まれたベルさんと米軍が結びつかず、ロシア人の血が入っているか、あるいはタタール人の末裔《まつえい》かなどと、見当違いの考えが先に頭に浮かんでしまった。

こうして書くだけでも顔から火が出る思いだが、ほんの数年前まで、その程度の認識しか持っていなかった。これは、わたしに限ったことではないと思う。戦後の混乱期を知らずに育ったわたしたちの世代は、七〇年代にハーフタレントたちが活躍するテレビを楽しんでいても、彼らの多くがそうだったにもかかわらず、GIベビーという存在をよく理解していなかった。目覚ましく発展していく日本には外国人がどんどん入ってきたし、また日本人も海外に出て、国際結婚も珍しくなくなった。そんな社会で生きているわたしたちにとって、ハーフは二つの文化をルーツに持つ羨ましい存在であり、戦後の暗い歴史とは切り離されていた。

しかし前述したように、もともと興味があって戦後に関する本などを読んでいたわたしは、あるときふいに「あれっ、もしかして」と気がついた。すぐに資料を漁り、ベルさんが生まれた一九四九年の日本はまだ占領下であったこと、彼女の出生地である札幌にも米軍キャンプがあったこと、《混血孤児》を預かった施設はエリザベス・サンダース・ホームだけでなく、日本全国にあったことを知った。彼らの数は、想像よりずっと多そうだった。

ベルさんは、GIベビーかもしれない。それは確信に変わった。同時にわたしの中で、彼女の出生を探ることで、戦後混乱期の日本の断片、特に、今まで知ることのなかった女性史に肉薄できるのではないか、という思いが湧き上がった。女をテーマにした小説を書いてきたわたしにとって、それは大いに惹きつけられるできごとだった。

しかし、出生について彼女に問いただしても、

「GIベビー？　お父さんがアメリカ人の兵隊？　ふうん、そう言われたこともあるから、そうなのかなあ」

という返事しか返ってこない。ベルさんは、自分が児童養護施設に預けられるまでの経緯を、何も知らなかった。

わたしと出会う以前、彼女は何度か肉親探しに挑戦しては、失敗していた。わたしの中に芽生えた好奇心も、次の一歩を踏み出す場所がなく、宙でぶらぶらするばかりだった。

＊1　『人間の証明』一九七七年公開。監督／佐藤純彌《じゅんや》、主演／松田優作・岡田茉莉子《まりこ》、原作／森村誠一。

第一章　記憶

ＪＲ新宿駅の東口を出て、新宿通りを四谷《よつや》方面に向かう。紀伊國屋《きのくにや》書店本店を通り過ぎ、伊勢丹《いせたん》まで来ると、大きな交差点に出る。かつて「追分《おいわけ》」と呼ばれた、甲州街道《こうしゅうかいどう》と青梅《おうめ》街道の分岐点だ。そこから、その先さらに一キロメートルほど直進した四谷四丁目の交差点辺りまでが、江戸の頃に内藤《ないとう》新宿と呼ばれた宿場町の中心だった。道の両側には旅籠《はたご》が並び、明治期にかけて、飯盛女《めしもりおんな》と呼ばれる女たちが置かれた層楼《そうろう》が、一大遊郭を形成していた。

大正に入ると、女たちを売る店は、風紀上の問題から街道沿いより北側の裏手に移転させられた。第二次世界大戦前の新宿の地図には、今も続く寄席《よせ》の末廣亭《すえひろてい》より一本東、現在の要通りに重なると思われる大門通りを挟んで東西両側に、「貸座敷《かしざしき》」と呼ばれた遊女屋がずらりと並んでいるのが見て取れる。大戦の後、そこは「赤線地帯」となった。現在は新宿三丁目の飲食街で、様々なタイプの店が立ち並び賑わっている。そこから東側は、ゲイタウンとして世界に名高い新宿二丁目だ。

スナック『雑魚寝《ざこね》』は、その三丁目側の遊女屋街があった辺りにある。競争の激しいこの街で、今年（二〇二三年）開店四十五周年を迎える貴重な店だ。店主が役者をしていることもあり、客は芝居関係の人が多い。その辺りが今よりずっといかがわしかった七〇年代から、バブル景気を謳歌《おうか》し、その崩壊を乗り越え、長い景気低迷期を生き延びてきたこの店に、わたしが友人に連れられてはじめて行ったのは、二〇〇三年のことだった。

ベルさんは、雑魚寝の常連客だった。Uの字形のカウンターだけの店だから、背が高く、派手な美人で、外国人にしか見えない彼女はとても目立った。こちらはすぐに顔を覚えたが、あちらはわたしなど見向きもしないという感じだった。

「ベルは女が嫌いだから、気にしないで」

マスターの水島さんからそう聞かされていたので、つんけんされても気にはならなかった。

数年通ううちに水島さんと親しくなり、花見や観劇など、他の常連客たちとともにお店以外のイベントに誘われるようになった。そこにはベルさんがいることも多かった。しかしどんなに打ち解けた場でも、彼女はわたしを警戒して距離をおいていたので、口をきくことはなかった。

その時点でわたしが彼女について知っていたのは、水島さんと同い年だということ、国はわからないが白人とのハーフだということ、北海道出身だということ、そして、元ストリッパーだということくらいだった。

　はじめて親しく言葉を交わしたのは、二〇一一年五月一日、新宿スペース・ゼロでの文学座の公演『思い出のブライトン・ビーチ』を観た帰り道だった。文学座の女優である水島さんの長女、渋谷はるかさんが出演したので、雑魚寝の人たちと行ったのだ。東日本大震災から二か月も経っていない、不安な空気に満ちていた時期だった。

「地震のすぐあとに、ベルから電話があってね、一人じゃ怖いって言うから、しばらくうちにいていいよって、呼んだの。ある晩、寝ていたら、水島さん頭を撫《な》でてって言うから、どうしたのって訊いたら、今まで人からそうしてもらったことがないから、して欲しいって。そうか、と思ってね。一晩中、頭を撫でてあげたよ」

　少し前、水島さんからそんな話を聞いたばかりだった。彼女が施設で育った孤児だと知ったのは、そのときだったかもしれない。

　観劇後、夕方から雑魚寝を開ける水島さんと一緒に、みんなで甲州街道沿いをぞろぞろ歩いているとき、偶然ベルさんと並ぶ瞬間があり、そこからおしゃべりが始まった。何がきっかけでわたしに気を許してくれたのかは、わからない。

　そのとき彼女が熱っぽく語ったのは、主に夜間中学のことだった。卒業して八年ほど経っていたはずなのに、まるで今も通っているかのような、生き生きした話しぶりだった。読み書きを習い、計算を習い、生まれてはじめて修学旅行にも行き、卒業式では代表として答辞も読んだ、そんな話だった。

「わたしはそれまで字も読めなかったんだから、本当に中学に行ってよかった。行ってなかったら、どうなっていたかわからない」

この台詞は、後に何度も繰り返し聞くことになる。

それからというもの、雑魚寝で顔を合わせれば、隣に座って話をするようになった。年に数回のことだったが、そのたびに少しずつ、身の上話も聞くようになった。

わたしは施設で育ったの。最初は、横浜の『聖母愛児園《せいぼあいじえん》』てところ〔実際は違った。次章を参照のこと〕。その名前がわかったのは、ずっとあとになってからだけどね。小学二年生で北海道に移ったから、横浜でのことはほとんど覚えてなかったの。何歳からそこにいたのかも、わからない。覚えてるのは、五歳くらいのときに、意地悪なシスターにお風呂で頭を沈められたこと。すごく苦しくて、怖かった。病院に連れて行ってもらって助かったけど、もう少しで死ぬところだった。わたしが何か悪いことをしたんだろうけどね。園長先生は謝ってくれたけど、それから大人を信じられなくなった。

小学校に行ったのも、少し覚えてる。赤いランドセルを買ってもらって。開けると薔薇《ばら》の模様が入ってた。校庭に大きな木があって、近くにトンネルがあった。父兄参観日に、みんなはお母さんが来たのにわたしには来ないから、シスターにどうしてわたしにはお母さんがいないの？　って訊いたら、

「今は事情があって言えないけど、あなたのお母さんは、ちゃんとあなたの出生届を出してくれたのよ。だから名前も生年月日もちゃんとわかっているのよ」

って言われた。そうじゃない子もいるって。だから、わたしは恵まれてると思う。


小学二年生のときに、北海道に行ったの。横浜からずーっと電車でね、すごい長旅だった。わたしと×××エミコと×××スミエ［×は著者による伏せ字。以下同］とシスターの四人で。電車の床に新聞紙を敷いて寝たのを覚えてる。スミエもエミコも、わたしみたいな子供［ハーフの意］だった。スミエがぎゃあぎゃあ泣いて、シスターが「あなたたちはこれから山に捨てられるんだ」って言うから、「だったら今ここに捨てればいいじゃない」って、言い返してやった。

それからは、北広島市にある『天使の園』っていう施設で育ったの。聖母愛児園と同じで、シスターたちが面倒を見てくれてた。

小学三年生か四年生のときに、お母さんが一度だけ会いに来てくれたの。顔はもう忘れちゃっ

たけど、綺麗な人だった印象はある。ぺらぺらの薄い着物を着てたことと、白いベールをかぶせた赤ちゃんを抱いていたのを覚えてる。だけど、それがわたしのきょうだいなのか、訊いたりはしなかった。

お母さんが帰るとき「絶対迎えに来てね」って言ったの。そうしたら「お利口さんにしてたら迎えに来るよ」って答えてくれた。そんなことを言われたら、待つでしょ？　親の言うことだもん、信じるでしょ？　わたしはすごく乱暴な子供だったんだけど、お母さんが迎えに来てくれるって信じて、お利口さんになって、ずっと待ってた。だけど、いつまで待っても来なかった。ああ、来ないんだって気がついてから、人をまったく信じられなくなった。

天使の園では、手がつけられない子供だったと思う。いつも怒ってて、いらいらしてた。反抗してシスターに噛みついたこともある。学校でも、そう。勉強ができなくて、先生の話なんか聞いてなかった。一人で校庭で遊んでたこともある。将来の夢を発表するときがあって、「スチュワーデス」って答えたら、「あんたみたいな子が、スチュワーデスになんかなれっこない」って言われて、頭にきてね、その先生に殴りかかったよ。あとから校長先生が来て、わけを話したら悪かったって謝ってくれたけどね。そんな調子で、全然勉強しなかった。授業中はぼうっとしてたね。

中学は、普通の学校じゃなくて、精薄児が行く学校に入れられたの。それがもう嫌で嫌で、

「どうしてこんな学校に行かなきゃならないんだ、普通の学校に行かせろ」ってシスターに食ってかかったんだけど、「あなたは勉強ができないから」って言われて。

とにかくわたしは、シスターにも先生にも、ずっと「できない」って言われ続けたの。「お前はできない、できない、できない」って。そんなふうに言われたら、できるものだってできなくなるでしょ。勉強だってする気なくなるでしょ。

それでそのまま、行かなくなっちゃった。だから、中学には全然行ってない。代わりに、施設で雑用の仕事をしてた。炊事を手伝ったり、小さい子の面倒をみたり。

施設では、子供たちはみんないろんな仕事をするの。掃除、洗濯、皿洗い、畑、牛の世話、乳搾り。一番嫌だったのは、サイロってわかる？　藁《わら》を入れて、雨合羽《あまがっぱ》を着て踏んでいくんだけど、それが嫌で嫌で。逃げるとすごく怒られてね。

中学生のとき、今度はお祖母《ばあ》さんが面会に来た。シスターから急に「アネッタ、お祖母さんが来たよ」って呼ばれて、応接室に行ったら、知らないお婆さんがいてさ。真っ白な髪で、上品な感じの綺麗な人だったけど、もう大人は信じてなかったし、「へえ、これがお祖母さんか」って感じよ。ニコリともしないで、立ったまま腕組んで睨みつけて「あんたたちが、わたしの人生を滅茶苦茶にしたんだ」って言ってやった。向こうは何も答えなかったけどね。「お母さんはどこ？」って訊いたら「今は言えない」って。それから、何か欲しい物はないかって訊かれたから「セーター」って言ったの。お母さんの写真て言えばよかったのに、思いつかなかった。それで、あとからセーターが送られてきた。それっきり。

十八歳になったら、施設って出なきゃいけないんだって。ある日急に「明日からここで働きなさい」って、車に乗せられて、札幌の精神病院に連れて行かれたの。そこで、皿洗いや掃除の仕事をすることになった。住み込みでね。院長の子供たちの洗濯までさせられたよ。こっちは小学生の頃から自分でパンツ洗ってるのに、なんて贅沢でわがままな子供なんだと思って、院長に、パンツくらい自分で洗わせろって文句言ったことがある。

次の年、その職場に、天使の園から×××トモコが入ってきたの。前から気が合わない子で、その子と働くのが嫌で嫌で、今から思うとわがままなんだけど、病院を辞めちゃった。

しばらくぶらぶらしたあと、すすきのの大きなキャバレーでホステスをやった。そこで踊ってた踊り子さんを見て、いいなあ、素敵だなあ、踊り子なら、字が読めなくてもできるよなあって思って、紹介してもらって、踊り子になったの。履歴書？　そんなものいらないよ。社長に会って「はい明日から舞台出て」って、そんな感じ。

だけど、最初に入った事務所が悪いところで、キャバレーの踊り子さんみたいに踊るだけだと思ってたのに、最初の仕事で「はい脱げ」だもの。ああ、騙《だま》されたーって思って。でも逃げられないでしょ。だから、脱ぐからもっとギャラをくれって頼んだら、お金をくれたから、それをこうして丸めてアソコに入れて、舞台に出たの。だって、そこらへんに置いといたら盗まれちゃうから。誰も信用できないもん。

しばらくして、知り合いがいい事務所があるよって紹介してくれて、『カジノ』に移ったの。ママ「『カジノ』の経営者」が本当にいい人で、今でもつき合いが続いてるよ。ママはわたしの少し年上だから、当時は二十代だったと思うけど、賢くてやり手でね、本当にいい人だった。しっかりしてた。お世話になった。

カジノっていうのは、すすきのにあるストリップ小屋なの。ストリッパーはみんな、小屋に所属するんだよ。それで、全国の小屋を回るの。仕事は十日が基準。一回の興行が十日だから。十日踊って休んでもいいし、休まないで次に行ってもいい。好きなようにやらせてくれるから、稼ぎたいだけ稼げた。スーツケース一つで、小屋から小屋。

家？　その頃はなかったよ。小屋に寝泊まりしてたから。どこの小屋にも、布団もお風呂もあったからね。自分の物ったって、スーツケースに入る量しか持ってないもん。全然平気だった。だけど、男を連れ込んでセックス始める子もいたから、嫌になっちゃうこともあって、そういうときはホテルに泊まったよ。気に入ったお客さんを誘って、泊まることもあった。踊り子はみんな、だいたいそんな生活。

わたしは、ほとんどトリだったた。外人は人気があったからね。わたしは外人ストリッパーで売ってたの。ベル・クリスチーナって、自分で名前もつけた。どこの国って訊かれたら、ロシアとかドイツとか、適当に答えてた。外人だから金髪にしろっていうんで、ビールで染めてね。下の毛もよ。すごく傷んでパッサパサになっちゃうから、髪はたまには美容院で染めてた。喋ると外人じゃないってばれるから、ママからは「ベルちゃん、絶対に喋らないで」って言われてね。でも、嫌な客がいるとカーッときちゃってさ、「なんだてめえ、コンニャロー！」ってやっちゃって、よくママに叱られた。ベルちゃん、あなたは黙ってれば綺麗なんだから、黙ってなさいって。

ママのことは信頼してたから、施設で育ったことを話した。それまで、どんなに仲よくなっても、誰にもそういう話はしなかった。いっさいしなかった。何か訊かれたら「うん、田舎にお母さんがいるよー」って答えてた。だから、あの頃そういう話をしたのは、ママだけ。

字が読めないことも話して、ギャラから貯金して欲しいって頼んだの。ママ、ちゃんとやってくれたよ。他の踊り子たちにも「ベルちゃんは田舎にいる病気のお母さんに仕送りをしてるから、貸せるお金はないんだよ」って、口裏合わせてくれて。わたしはいつもそう言って、借金を断ってたの。踊り子はみんな、すぐお金を借りようとするからね。男とかクスリに使っちゃうんだよ。みんな、ヤクザもんとつき合ってたから。ヒモだよね。

わたしは、そういう男とはつき合わなかった。ママに、ヤクザだけはやめなさいって言われてたから。一度、網走《あばしり》の小屋に出てるとき、毎日花束を持って舞台を観にくる男がいて。いい男でさ、結婚を申し込まれたの。実家まで連れて行かれたんだよ。だけど、その人のお兄さんが、こっそり「弟はヤクザだから、やめておきなさい」って耳打ちしてきたの。結婚したかったんだけど、そのことをママに話したら、絶対にやめなさいって。すごく迷ったけど、断った。今は、やめといて本当によかったって思う。ヤクザなんかと結婚してたら、悲惨だもん。そういう人、たくさん見てきたから。

それとクスリね。あれも絶対にやらなかった。覚醒剤よ、あの頃はね。踊り子さんたちは、みんなやってたの。爪の間に注射を刺してさ。もうね、ボロッボロ。歯も抜けちゃって、ひどい。本当にひどいの。歯のない口で、舞台に出るんだから。それ見て、絶対にやらないって決めてた。ママに褒められたよ、ベルちゃんよくやらなかったねって。そりゃあさ、わたしだって弱い人間だから、何度か手を出しそうになったこともあるよ。でも、やらなかった。

あと、外で誰かとお酒を飲むときにも、すごく気をつけてた。何をって、クスリだよ。トイレに行ってるすきに、グラスの中に入れられちゃうことがあるから。絶対に全部飲んで、空にしてから席を立ってた。お店の人にも「わたしがいない間にお酒入れないで」って頼んでね。もしも帰ってきたときお酒が入ってたら、「悪いけど、捨てて」って、入れ直してもらっ

てたよ。そのくらい、気をつけてた。誰も信用してなかったから。

警察に捕まったことは、二回ある。舞台で全部見せちゃうから、それって犯罪でしょ。踊ってたら手首を摑まれて、低い声で「わかってるな」って言われてね。ああ、捕まっちゃったって。

留置場には、十日間入れられるの。踊り子の仕事のサイクルと同じ？　ほんとだ。面白いね。十日間、毎日尋問されるんだけど、乱暴なことはされなかったよ。どうしてストリッパーなんかやってるんだとか、まじめにやんなさいとか、お説教ね。あと、学校に行きなさいって言ってくれた警察官もいた。全然、右から左だったけどね、あの頃は。

その頃、ハルキとつき合ってて、明大前で同棲してたの。すごいハンサムで、飲み屋で会って一目惚れして、わたしから声をかけたんだよね。うん、それが東京で暮らし始めたきっかけ。ハルキは一応役者だったけど、下手くそ。ひどい大根。だから全然仕事がなくて、わたしが養ってたようなもの。

だけどさ、ハルキ、わたしが留置場に入っても、一度も面会に来なかったんだよ。ハガキ一枚寄越さなかった。わたしが字が読めないから？　ううん、ハルキはわたしが字が読めないなんて、知らなかったから。言わないよ、そんなこと。生い立ちだって話してないもん。札幌で生まれ育って両親は札幌にいる、って話してた。信じてたと思うよ。彼氏だろうが誰だろうが、言わない言わない。そういうことを話したのは、あの頃はママだけ。

ハルキの役者仲間の一人が、水島さんだったの。まだ雑魚寝を開く前だった。あとで仲良くなったけど、その頃はあの人にだって、何も話してなかった。絶対、誰にも話さなかった。誰も信用してなかったから。

親友？　それはね、一人だけいた。マリリンていう、黒人のアメリカ人。所属してた小屋は違ったけど、同じ踊り子で歳も近くてね。すごく気が合って、一緒に住んでたこともあったよ。とっても頭のいい人でね。ものすごく太ってたの。お相撲《すもう》さんの小錦《こにしき》っていたでしょ、ああいう太り方。だから、舞台に出るとひどいの、野次が。クロンボ引っ込めー、デブ引っ込めーって。マリリンは知らん顔して踊ってるんだけど、わたしが頭にきちゃって、舞台に出てって「黙れテメエ！　この野郎出てけ！」ってやっちゃって、叱られてね。

わたしもビール何十本と飲んだけど、マリリンもすごく飲む人で、よく一緒に飲みに行ったよ。バンスってわかる？　ギャラの前借りのこと。ママにバンスをお願いして、よく飲みに行った。二丁目のゲイバーが多かったな、女でも入れてくれるお店があったから。そのときも、行く前にお店に電話しておいて「これから友達を連れて行くけど、変なことを言ったらただじゃすまないからね」って、脅してから行ってた。どこに行っても嫌なこと言われてたから、マリリンは。でも、わたしがどんなに怒っても「いいんだよ、ベル」って言うの。そういう人だった。優しい人だった。

ううん、マリリンにも、自分の生い立ちは話してないよ。実家は札幌でお母さんがいるって、そう話してた。向こうも根掘り葉掘り訊いてなんかこなかったよ。こっちも訊かなかったしね。

え？　マリリンもハーフじゃなかったかって？　いやあ、自分はアメリカ人だって言ってたよ。家族はアメリカにいるって。言葉？　うん、日本語を普通に話してた。英語を喋ってるところ？　それは見たことなかったな。えっ、マリリンもわたしみたいな生い立ちじゃないかって？　わたしみたいに、マリリンも嘘をついてたかもしれないって？　まさか。……

ああでも、そうか。そうだよね。いやあ、考えたこともなかった。

マリリンとは、いつの間にか離れちゃったの。喧嘩したわけじゃない。自然と。携帯電話なんかなかった時代だから、いつの間にか連絡つかなくなっちゃった。四十歳くらいのときだったかな、マリリンは死んだよって、昔の踊り子仲間から聞いたの。どうして死んだのかは知らない。でも、あれだけ太ってたからね。それに、とにかく飲んだから。わたしの何倍も。アル中だったんじゃないかな。だから、びっくりはしなかった。

わたしが踊り子を辞めたのは、三十六歳くらいのとき。もう年だし、そろそろ辞めようかなって。ママに頼んでた貯金、二千万円になってたよ。いつの間にか消えちゃったけどね、飲んだり遊んだり、いろんなことに使って。

それからは、いろいろとバイトをしたよ。歌舞伎町《かぶきちょう》のキャバレーにちょっといて、それから伊勢丹の向かいにあったピザハウスで皿洗いのバイトとか、西口のビジネスホテルのベッドメイキングとか。家政婦もやった。あと、カラオケボックスの掃除係。人とあんまり関わらなくていい仕事が好きだった、気楽だから。

パパと知り合ったのは、ピザハウスでバイトをしてるとき。地下鉄の新宿三丁目駅の改札のところで、声をかけられたの。お茶しないかって。小さくて冴えなくて全然タイプじゃなかったから、追っ払おうとして「お金くれるなら、つき合ってもいいよ」って言ったら、くれるって言うから面白くなって、つき合ったの。そうしたら、次の日も電話くれて、優しいなと思った。七つ年上で、奥さんも子供もいる人だったけどね。すごくいい人だった。

つき合ううちに、この人は信頼できると思って、生い立ちのことを話したの。それで、どうしてもお母さんに会いたいんだって言った。そんなこと思ったのは、はじめてだった。踊り子をしてる間は、お母さんのことなんかいっさい思い出しもしなかったのに。不思議だよね、どうしてだろう。パパだったからかな。

そしたらパパが、いろいろと調べてくれて、わたしのおじさんて人を見つけてくれたの。お母さんのお兄さんか弟、どっちだったかは覚えてない。名前もわからない。学校の先生だって言ってた。パパの車で、その人の家まで行ったの。町田だった。おじさんは会ってはくれたんだけど、わたしが喧嘩腰になっちゃったから、パパがまずいと思ったみたい。「お前は車で待ってなさい」って言って、パパだけがそのおじさんの家に入って、話をしてくれたの。

あの頃はね、わたしまだ、すごく怒ってたんだよ。お母さんに会いたいっていうのも、今みたいな気持ちとは全然違ってて、「どうして約束を破ったんだ」って、ひとこと言ってやりたかったの。謝って欲しかった。

パパがおじさんと何を話したか？　そのとき聞いたと思うんだけど、覚えてない。たぶん、お母さんのことは何も知らないって言われたんじゃないかな。一つだけ覚えてるのは、パパが「あの家は、たぶん創価学会だぞ」って言ってたこと。部屋に、ものすごく大きな仏壇があったんだって。

それから、埼玉にも連れてってくれたよ。お母さんが住んでた家がわかったって。埼玉のどこかは、わからない。パパがどうやって調べたか？　さあ、知らない。聞いたかもしれないけど、覚えてない。

着いたらね、平屋の小さな一軒家だった。お母さんはいなかったんだけど、隣の家から男の人が出てきて、大家さんだって言うの。その人がお母さんのことを覚えてて、「旦那さんが外人さんで、一緒にアメリカに行っちゃったよ」って教えてくれた。写真も見せてくれてね。はっきり覚えてないけど、黒人の男の子が写ってた気がする。お母さんの旦那さんが黒人だったか？　うーん……そう言ってたかもしれない。よく覚えてないの。きっとまた、わたしは怒ってたんじゃないかな、そこにお母さんがいなかったから。

それからしばらくして、パパから連絡がないからおかしいなと思って、会社に電話したら、死んだっていうの。交通事故に遭って亡くなったって。わたし、いてもたってもいられなくてね、お葬式に行ったよ。こんな外人みたいな顔した大きな女が突然来て、わあわあ泣いてたんだから、家族はなんだろうと思っただろうね。でも、ちゃんとお別れしたくて。だって、わたしにあんなに優しくしてくれた人、今までいなかったんだもん。

「パパ」がベルさんのお母さん探しをしたのは、二人が出会った一九八七年頃から、パパが亡くなった一九八九年までの間だ。まだインターネットが普及していなかった頃、どのような方法でそこまで調べたのか不思議に思ったが、二〇〇六年に住民基本台帳の閲覧《えつらん》が制限されるまで、誰もが自由に他人の住所を調べることができた。おそらくそこから足掛かりを摑んだのだろう。

彼が探し当てた「町田のおじさん」は、最近、ベルさんのお母さんの弟であることがわかった。ベルさんの祖父、政之助［読み不明］筆頭の戸籍謄本を取って調べたところ、お母さんは兄二人、姉一人、弟三人、妹一人の八人きょうだいで、うち兄二人は早逝していたのだ。しかし、三人の弟のうちの誰かはわかっていない。

それにしてもパパは、ベルさんの叔父と、何を話したのか。おそらく貴重な情報を手に入れていたはずだが、当時読み書きができなかったベルさんは、メモ一つ残していない。残念でならない。

ベルさんの部屋の、箪笥《たんす》の上に置かれた遺影のパパは、小柄で線が細く、いかにも実直そうだ。見せてくれた名刺には、当時勢いのあった鉄道会社の企業グループの名があった。

肩書は、営業課長。

すっかり黄ばんだ紙に印刷されたその会社の住所を、わたしはインターネットでマップ検索してみた。何でもいいから、彼が手にしていたものの欠片《かけら》だけでも感じたい思いだったのだ。

会社は名前を少し変えて、名刺に書かれた新宿区落合の同じ場所にあった。しかし、その発見より先に目に留まったのが、そばにある『聖母《せいぼ》病院』の文字だった。物心ついたときにベルさんがいた横浜の児童養護施設は、『聖母愛児園』だ。まさかと思って調べてみると、やはり元は同じカトリック系の修道会が創設した施設だった。ベルさんが八歳から十八歳まで過ごした北海道北広島市の『天使の園』も同様だ。

このカトリック系修道会『マリアの宣教者フランシスコ修道会』（略称ＦＭＭ）は、古くから日本各地に弱者救済の施設を作ってきた組織ではあるが、東京にあるのはこの病院だけだ。それが、当時ベルさんが唯一心を許した人が毎日通っていた職場の近くにあった。ささやかな偶然かもしれないが、ものを調べていてこうしたことがあると、不思議な繋がりを感じて胸がざわつく。

日本でのこの組織の発端は、明治三十一（一八九八）年、熊本に作られたハンセン病診療所だった。ここは後に『慈恵《じけい》病院』となる。二〇〇七年、日本で初めて赤ちゃんポスト《こうのとりのゆりかご》を設置したことで、話題になった病院だ。このときは、激しい賛否の論争が起こった。

設置の背景には、望まぬ妊娠や貧困下での妊娠により、女性が病院にも行けず、誰にも相談できずに一人で出産し、子供を遺棄、または殺害してしまう事件が相次いだことがあった。母親に非難が集まる一方で、彼女たちをそこまで追い詰めた事情や、当時の社会状況にも関心が寄せられた。

これらの事件は、〝望まぬ妊娠〟の可能性を抱えた身体を持つ同じ女性として、わたしにも無関心ではいられないものだった。赤ちゃんポストに対する「捨て子が助長されてしまう」といった非難には、どんな想像力を持ったらそんな意見が出てくるのだろうと、憤慨もした。

この世のどこに、自分の意志で捨てたい子供を身ごもる女性がいるだろうか。

お母さんはね、きっと大変だったと思うの。とても苦労したんだと思うの。そういう時代でしょ？

これはわたしの想像だけど、きっとお父さんとお母さんは、大恋愛をしたんだと思う。結婚するつもりだったと思う。だけど、あの頃は外人との子供なんて、差別されるでしょ。だから、お父さんもお母さんも、家族に猛反対されたんじゃないかしら。それで、別れさせられて、お母さん一人じゃわたしを育てられないから、施設に預けたんじゃないかって思うの。とっても苦しんで、つらかったんじゃないかな。

想像よ、ただの想像。

ベルさんはＧＩベビーに違いないと確信してから、占領下の日本や混血孤児についての文献を当たるにつれて、わたしが頭に思い描くようになった彼女の出生の事情は、彼女が想像しているようなロマンチックなものではなくなっていた。進駐軍占領下の日本を知らずとも、アメリカ統治下の沖縄で何が起きていたかは、ニュースや書籍によって知っている。返還後でさえ、女性として聞くに堪《た》えない事件はいくつもあった。もちろん、恋愛もあったに違いない。しかし、メディアに取り上げられ、わたしたちの耳に入るのは、いつも悲しい事件ばかりだった。

会うたびに少しずつ、水を含んだスポンジを指でやんわり押すようにして滲《にじ》み出た記憶を語ったあと、ベルさんはいつも「お母さんに会いたい」と言った。拝むような言い方だった。それでも「じゃあ、わたしが探してみようか」とならなかったのは、彼女の甘やかな想像を打ち砕いてしまうことを恐れる気持ちが、わたしの心の隅にあったからかもしれない。

彼女の母親探しをする気にならなかったのには、もう一つ理由がある。わたしたちが親しくなったときには、すでに三回も母親探しは行われ、いずれも成功していなかったことだ。パパに死なれてしまったあとも、ベルさんはあきらめず、母親探しに挑戦していた。それでもだめだった。だからもう、素人ができることはやり尽くしたのだろうと考えていた。

時間を、二回目の母親探しのきっかけになった、夜間中学入学まで戻そう。

来年は五十歳になるという年末のある日、ベルさんは水島さんに「年賀状の書き方を教えて欲しい」と頼んだ。

「変なことを訊くなあと思いながら、紙に《新年あけましておめでとうございます》って書いてあげたの。そしたらベル、それを別の紙に書き写し始めたんだよね。一生懸命書いてるから覗いてみたら、何だか変なの。字が下手なのもあるんだけど、書き順が不自然で、横棒も右から左に引いたり、普通じゃないの。それで、はっとして。ベル、もしかして字が書けないの？　って訊いたら、そうだって」

すでに二十年以上のつき合いになっていた水島さんが、はじめてベルさんの秘密を知った瞬間だった。

「全然気づかなかった。僕の周りの誰も、気づいてなかった。よくカラオケなんかも一緒に行ったけど、画面を見てすらすら歌ってたし。あれ、歌詞を全部覚えてるのを歌ってたんだね」

ベルさんは、その容姿から外国人に間違われることも多い。それが幸いして、読み書きができないことを誤魔化せてきたのかもしれない。一方で本人は、相手に気づかせまいとするあまり、人一倍強い猜疑心《さいぎしん》を育てていた。そのせいで、しなくていい喧嘩をしたり、不利益を被ってもきた。そんな中で、長いつき合いになっていた水島さんやその仲間たちは、彼女にとって特別な存在になりつつあったのだろう。だから、秘密を打ち明けたのだ。

水島さんはすぐに、雑魚寝の近くにある紀伊國屋書店本店で子供用のドリルを買い、ベルさんに贈った。

「あいうえおって、上からなぞるやつがあるでしょ、それ。まずはひらがなを覚えなさいってね。最初は頑張ってやってたんだけど、そのうち挫折してやめちゃってさ。ドリルも捨てたって言うんで、もう僕は怒って、大喧嘩。テレビばっかり見てるなら、テレビなんか捨てなさい！　って言ったら、ひどいって泣いてね」

ベルさんは、共通の友達にも泣きついたという。

「友達から、ベルはこの歳までああして生きてきたんだから、今さらそんな辛いことをさせなくてもいいんじゃないか、って言われたけど、僕は譲らなかった。読み書きだけは、絶対にできるようになんなきゃだめって。しばらくしたら、ベル、自分でドリルを買い直して、また字の練習を始めたの」

ドリルと格闘していたある秋の日、ベルさんは、テレビで夜間中学のドキュメンタリーを見た。これだ、行きたい、と思った。そして翌日には、区役所に相談に行った。不安だった授業料は無料だと聞いて、すぐに手続きを頼んだ。入学はいつでもいいというので、十月から入学した。

こうしてベルさんは、晴れて世田谷区立新星《しんせい》中学校［現在は統合され、区立三宿中学校］の門をくぐり、中学生となった。昼間は新宿のビジネスホテルで働きながら、夕方には学校へ通う生活が始まった。

あんなに楽しいことって、今までの人生でなかった。卒業したくなかったよ。もう一回行けるものなら行きたい。もっと勉強したいもの。高校にも挑戦してみたけど、わたしには無理だったの、難しくて。だから、本当はもう一回中学に行きたい。そしてもっと勉強したい。
先生たちは、みんな優しかった。親切だった。すごく丁寧に教えてくれた。しんどくなっちゃって、何度か行かなくなっちゃったことがあるんだけど、必ず先生が電話をくれて、

「頑張っていらっしゃい。待ってるから」

って言ってくれてね。それでまた通いはじめて、おかげで卒業できたの。行事も楽しかった。移動教室、遠足、それに修学旅行。本当に楽しかった。もう一回行きたい。

中でもA原先生ね。教頭先生。大好きだったの。わたしと同い年。

「麗子、お前はやればできる、やればできる」

って、A原先生はいつも言ってくれた。

あと、これもよく言われたよ。

「麗子はすぐにカーッとなるから、落ち着きなさい。怒る前に、落ち着いてよく考えなさい。落ち着け、落ち着けって、自分に言い聞かせなさい」

それから、ウッときたら、自分に「落ち着け、落ち着け、できる、できる」って言うの。今でもそうよ。そうすると落ち着いてきて、ちゃんと考えられる。

今こうして、人と会話ができるのも、中学校で勉強したおかげなの。昔のわたしはいつもいらいらしてて、何かって言えば怒ってばっかりいたから、すぐ喧嘩になったし、人と普通に話ができなかったの。

どうしていらいらしてたかって？　理解できなかったからよ。横で人が会話してても、何

を話しているのか理解ができないから、相手のことなんか考えないで、勝手に自分の言いたいことだけわーっと言ってさ。そんなの不愉快でしょう？　あの頃、わたしのせいで不愉快な思いをした人、たくさんいたと思うよ。でも、そんなこともわかんなかった。「何わたしにわかんない話ばっかりしてんだ」って、頭にくるばっかりで。

字が読めて書けるようになって、人の話もわかるようになって、もしわからなくても「落ち着いて、落ち着いて」って唱えたら、カーッとしないで聞けるようになって。それからだよ、こうして人と普通に話ができるようになったのって。

人の話がわからないってさ、人の気持

ちもわからないってことなの。たとえばさ、みんなで映画を観てて、悲しい場面とか感動する場面があるでしょ？　それで友達が泣いてても、わたし一人だけ泣けないの。きょとんとして「何泣いてんの？」って感じよ。昔のわたしは、そうだったの。

今は違うでしょ？　この前も一緒に映画観て、一緒に泣いたでしょ？　今はわかるから。悲しい場面を見たら、悲しいって感じられるから。涙出てくるから。

子供の頃も、新星中学の先生みたいな先生に教わりたかった。あんな先生たちがいてくれてたら、ちゃんと勉強したと思う。「お前はできない、できない」じゃなくて、「やればできる」って励まして欲しかった。

中学一年生のとき、作文を書いたの。そしたら先生から、人の前で発表してみないかって言われて、やったんだよ。自分で原稿を書いて先生に直してもらって［実際は違った。次章を参照のこと］、大きな会場でたくさんの人の前で、発表したの［二〇〇〇年十二月七日、第四十六回全国夜間中学校研究大会における「生徒体験発表」のこと］。施設のことも、ストリッパー時代のことも、全部書いた。全部発表した。途中で泣いちゃうんじゃないかって、みんな心配してたけど、一回詰まっただけで、泣かずにこらえて最後まで読んだよ。

それから、国語のF先生が、一緒にお母さん探しをしてくれたの。最初にエリザベス・サンダース・ホームに行った。でも、名簿にわたしの名前がなくて。それで、もう一つ横浜に

『聖母愛児園』て施設があるよって、教えてもらったの。行ってみたら、そこにわたしの名前がちゃんとあったの。

でも、そこまでだった。それ以上は何も、お母さんのことはわからなかった。

はじめにエリザベス・サンダース・ホームに行った理由を、ベルさんは覚えていない。おそらく彼女の「横浜にいた」という記憶から、F先生がそこだと推測したのだろう。エリザベス・サンダース・ホームの所在地は横浜ではなく大磯町だが、当時もその後も、ここは混血孤児の収容施設として度々メディアに取り上げられ、全国的に知られていた。一方で、他の施設はほとんど表に出ていなかった。

ベルさんがF先生とお母さん探しをしたのは、エリザベス・サンダース・ホームの前で撮影されたスナップ写真の日付から、二〇〇一年十月だとわかる。全国夜間中学校研究大会の壇上で作文を発表してから、十か月後のことだ。

同じ二〇〇一年十月の消印が入った封筒が、ベルさんの手元にある。差出人はベルさんだが、それにしては字が上手い。宛名には《堤ミヨ様》とあり、住所は埼玉県の所沢市になっている。裏には固定電話の番号の走り書きがあり、中には何も入っていない。

「ミヨさんて、わたしのお祖母さん。一度、手紙を出したことがあるの。この字？　知り合いに頼んで、代筆してもらったんだよ。出してからしばらくしたら、返事が来た。でも、中にはわたしが出した手紙が、開けてないままで入ってた。それが、これ。一緒に手紙が一枚入ってて、放っておいてくれ、みたいなことが書いてあったと思う。自分が出した手紙の中身？　頭にきて、その紙と一緒に破いて捨てちゃったから、わからない。どうして封筒だけとっておいたのかも、わからない。お祖母さんの住所をどこで知ったか？　うーん、覚えてないなあ」

いきさつは忘れてしまったというが、日付から考えて、F先生との調査の中で、ミヨさんの住所を探り当てた可能性は高そうだ。ベルさんが、一度だけ会ったことのある祖母に宛てて、一生懸命に文面を考える様子が目に浮かぶ。

いったい、どんなことを書いたのだろう。受け取ったミヨさんは、何を思っただろう。なぜ、読まずに突き返すなどという、冷たい応対をしたのだろう。

ここまで読んで気づかれたかもしれないが、ベルさんは、施設時代の人の名前をフルネームで覚えている［後の調査で、これらの氏名はすべて正しかったことがわかる］など、抜群の記憶力を持つ一方で、折々のできごとの経緯などはあまり覚えていない。大事なお母さんの調査に関することも、ほぼ覚えておらず、どのタイミングで何を知ったか、どう知ったかも忘れてしまっている。

これには何か理由があるのではないかと、ずっと考えていて、思い当たったことがある。家族のいない彼女には、思い出を共有し、一緒に振り返る時間を持つ相手がいなかったからではないか、ということだ。

人の記憶は、繰り返し思い出すことで定着する。過去のできごとを誰かに語って聞かせたり、誰かから聞かされたり、一度語った話を何度も語り直して、その度に一緒に笑ったり泣いたり怒ったりすることは、大きな記憶の強化になる。幼児期のことなどは、自分ではまったく覚えていなくても、家族間で何度も語られるうちに、立派な思い出の一つとなって記憶される。

ベルさんには、そういう相手がいなかった。家族ははじめからいなかったし、心を許した友人も、夜間中学に入学する五十歳くらいまでほとんどいなかった。人を信用していなかったから、親しくなっても関係は希薄で、期間も短い。どれほど重要なことであっても、誰とも共有せず、ほとんど語らぬまま、些末《さまつ》なことに追われる日々を送っていれば、記憶はすぐに薄れてしまうのではないだろうか。

「孤児」を題材にした文芸作品は多い。小説や漫画、映画には、多くの孤児が登場して活躍する。そういう意味では、孤児は馴染みのない存在ではない。しかし、わたしは個人的にその実態に迫ったことはないし、現実の彼らに思いを馳せたこともなかった。家族がいないこと、その寄る辺なさは、とても想像しきれない。

ある時期ベルさんは、自分の身の上を嘆いて、生活が荒れた時期があった。見かねた水島さんが、彼女に声をかけた。

「どんなことがあっても、僕はベルのそばにいるから、これからはもう、天涯孤独だ何だと言って、自棄《やけ》になるのはやめなよ」

彼は実際、親身になってベルさんに接した。彼女の誕生日には自宅に友人たちを呼んで一緒に祝い、一緒に旅行もし、年越しには、自身の大家族が集まる実家に彼女を招待するほどに。

そんな二人を、わたしが「同い年だけれど親子のような、兄妹《きょうだい》のような関係」と評したときのことだ。ベルさんが、真顔で迫るようにして言ってきた。

「それは違う。水島さんには本当によくしてもらって、感謝してるよ。でも、親子とか兄妹とか、そういう感覚じゃない。だって、わたしは親もきょうだいもいないんだから、その感覚はわからないからね」

見つめてくる力のこもった眼差しに、わたしは、自分の軽率さをビシッと指差された気がした。

孤児とは、そういう人たちだったのだ。そんな当たり前のことに、思い至らなかった。愕《がく》然《ぜん》とした。ベルさんは、この世に生まれてきた限り必ず存在するはずの親と、家族になれなかった人なのだ。家族のいいところも悪いところも、感覚したことのない人なのだ。

「外で親子連れなんかを見かけると、いいなあ、どういうもんなのかなあ、って思ってた。羨ましかった」

ベルさんのこの「羨ましい」は、ないものねだりではない。あるべきもの、なければならなかったものを、求めた言葉なのだ。


わたしにはね、弟がいるの。ジュニアって名前。どうして知ったか？　いつだったかは覚えてないんだけど、確か、パパに言われたんだと思う、お前には弟がいるよって。戸籍謄本に書いてあったって。

弟も、わたしと一緒に施設にいたかって？　覚えてない。弟はね、お父さんと一緒にアメリカに行っちゃったのよ。何歳のときかは、わからない。でも、確かだよ。そう聞いたもの、わたしの弟はお父さんとアメリカに行ったって。

どうして弟だけ連れて行ったんだろうね。やっぱり、男の子だからかしら。

弟はわたしと何歳違いか？　わからない。お父さんの名字もわからない。アメリカのどこに行ったかもわからない。でも、お母さんがわたしに会いに来たとき、赤ちゃんを抱いてたって話したでしょ。あれが弟だと思うんだよね。

え？　そうなると、わたしを施設に預けたあとも、お父さんとお母さんは一緒にいたことになる？　ああそうか、そうだよね。そうなのかもしれないね。何か、事情があったんじゃないの？　いろいろあるじゃない、わたしなんかにはわからないことが。時代がさ、時代だから。そうでしょ。

だからね、わたしは弟にも会いたい。すごく会いたい。お父さんのことは、悪いけどあんまり考えたことないの。どうでもいいって言っちゃあ失礼だけど。でも、お母さんとジュニアには、会いたい。すごく会いたい。


こんな話を、折々、断片的に、繰り返し聞きながら、月日は過ぎていった。

突然ベルさんから「手術を受けるので保証人になって欲しい」と電話がかかってきたのは、二〇二〇年の秋のことだった。膝に人工関節を入れる手術で、術後のリハビリも含めて一か月近くの入院になるという。わたしも手術入院の経験はあるので、保証人が必要なことは知っていた。わたしの場合は二人必要で、当たり前のように家族に頼んだ。ベルさんには、そういう相手がいない。

「病院代は無料なんだって、生活保護を受けてるから。ありがたいね」

保証人の件を二つ返事で引き受け、入院準備など一人で大丈夫かと訊くと、それは問題ないが、次の診察時に受ける手術の説明が理解できるか不安だと言うので、つき添うことにした。

病院は、ベルさんが長年暮らしている渋谷区幡ヶ谷《はたがや》にあった。担当医から丁寧な説明を受け、保証人の書類をもらって病院を出ると、ベルさんが近くの喫茶店でコーヒーをご馳走してくれた。世間は、新型コロナウイルス感染症の蔓延にざわついていた。病院も出入りが厳しく、手術当日も、その後の見舞いも制限されていたので、次に会うのは退院の日ということになった。

一か月後、病院まで迎えに行くと、ベルさんは松葉杖姿ではあったが、顔色はよく、思いのほか元気だった。

「いいほうの膝を悪くしないためにも、痩せなきゃだめだって。頑張る」

長身なのでそこまでには見えなかったが、九十キロ近くまで太ってしまったのだと言って、彼女は笑った。リハビリで歩いているとはいえ、まだ無理はできないのでタクシーを拾い、アパートに向かった。窓から見える街並は、クリスマス一色に染まっていた。

アパートに着くとまもなく、渋谷区の職員が来た。生活保護の担当者かと思ったがそうではなく、これから配達してもらう、医療用ベッドの手配をしてくれた人だという。ベルさんはずっと床に布団で寝ていたが、膝のためにはベッドのほうがいいと医師に言われたため、区に掛け合って、無料で医療用ベッドを貸してもらえることになったというのだ。一人暮らしなので前もって運び入れることができず、退院の日時に合わせて配達してもらえるよう、何度も担当者と打ち合わせをしたらしい。こうした手配を、ベルさんは入院中に一人でこなした。夜間中学に入ったときもそうだったが、こういうとき彼女は、可能性に賭けて突き進む力を発揮する。

ベッドが届くのを待つ間、ベルさんと担当者は実に親しげに、ときに笑いながらお喋りしていた。

最後の仕事を解雇されたあと、次の仕事に就けず困窮していた彼女に、生活保護の対象になるのではないかと助言したのは、水島さんだった。彼は、申請の手伝いもした。ニュースでは、なかなか申請が通らない理不尽な実態や、そのために悲惨な結果となった事件がたびたび報道されるが、ベルさんはすんなり受け付けてもらえたそうだ。理由はわからないが、身寄りが一人もいないことが、幸いしたのかもしれないとも思う。もちろん、渋谷区の行政が、至極まともだというだけのことかもしれないが。

やってきた昇降機能付きベッドは、ベルさんの狭いワンルームの半分を占めてしまったが、彼女はかなり楽になったと、満足そうだった。わたしは近所のコンビニで数日分の食料を買い、冷蔵庫に入れてから帰った。

次にベルさんに会ったのは、一年半後の二〇二二年、夏のことだった。電話ではしょっちゅう話していたのだが、新型コロナウイルス蔓延防止のため、国を挙げての外出制限が続いていたことと、彼女の七〇代という高齢も考慮して、会わずにいたのだ。その間彼女は、公営の高齢者向け集合住宅に引っ越していた。これも、一人で区に相談して情報を得、自分で応募して勝ち取ったものだった。

七月二十七日水曜日、午後に渋谷のＰＡＲＣＯ劇場で高橋一生《いっせい》の一人芝居『２０２０』を観劇したあと、渋谷区役所からコミュニティバス「ハチ公バス」に乗った。傾きかけた太陽はまだ強く照りつけ、抜けていく代々木公園の目の覚めるような緑の下に、濃い影を作っていた。

新築の集合住宅は、彼女が今まで住んでいたアパートとは格段の差があった。ベルさんは、錆びた手摺りの外階段を上がって入る六畳ワンルームの暮らしから、オートロック付き、エレベーター付き、オール・バリアフリーの１ＤＫの生活にレベルアップしていたのだ。バーベキューができそうなほど広いベランダもあり、そこから見える景色は都会とは思えぬほど広々としたもので、幹線道路から離れているので騒音もない。

「いい部屋でしょう。全部自分で調べて、ハガキ出して、当てたんだよ。こんなに綺麗で広いのに、前のアパートより家賃は安いんだもん、そりゃみんな応募するよね」

ベルさんは、嬉しそうだった。退院してからプールに通い始め、二十キロ近く体重を落としたと電話で自慢していたとおり、すっきり痩せて手術前より健康そうだった。

持っていったワインで、二人ともだいぶ酔っ払った頃だ。彼女がおもむろに立ち上がり、押し入れから数枚重なった書類を出して、テーブルに置いた。

「これ、ちょっと見てみてくれる？」

一枚目から三枚目までは、戸籍謄本だった。筆頭者は「堤幸子《さちこ》」。ベルさんのお母さんだ。仰天した。彼女が弟の話をしたとき、確かに「戸籍謄本」があったとは言っていたが、その言い方から、わたしはてっきり、一度取り寄せはしたものの何かのタイミングで捨ててしまったか、パパが調査のために手元に持ったまま亡くなってしまったかで、今は持っていないものと思い込んでいたのだ。

二枚目と三枚目は、ベルさんの祖父母の名前が記載された除籍謄本だった。はじめて見るので見方がよくわからなかったが、祖母ミヨさんが、平成十七（二〇〇五）年に死亡していることは読み取れた。そしてその死亡時の住所欄には、二〇〇一年にベルさんがミヨさん宛に出した手紙の住所と同じ、所沢の住所が記載されていた。しかし発行の日付を見ると、平成十九年（二〇〇七年）三月二十三日とある。ベルさんがF先生とお母さんを探し、祖母宛に手紙を出した年から六年もあとだ。パパと交際していた時期とも二十年近くずれている。

なぜ、二〇〇七年に戸籍謄本を取ったのか。訊ねても、ベルさんはまたしても何も覚えていなかった。

そうとなれば、三回目の調査のときに違いない。

三回目のお母さん探しについては、以前、雑魚寝で水島さんから聞いたことがあった。昔、生き別れた人を見つけて感動の対面をさせるテレビ番組があり、出演者を募集していたので、みんなで「ベルのお母さんを探してもらおう」と盛り上がって応募したという話だった。

「でも、不採用だったんだよね。ベルはあのとおり美人だし、テレビ映えもするだろうから、絶対に受かると思ったんだけど」

水島さんは、残念そうに言っていた。こうして、三回目の母親探しも暗礁に乗り上げたのだ。

ベルさんに確認すると、

「そうそう。島田紳助《しんすけ》が司会してた番組よ。でも、いつのことだったかなあ。中学を卒業したあとなのは確か。あとね、これは誰にも言ってないんだけど、わたし、お母さんを探してくれないっていうのでカーッときて、一人でテレビ局まで行ったの。それで、なんで探してくれないんだって、怒鳴り込んだの。追い返されたけどね」

と、興味深いことを思い出した。

いくら怒りっぽいベルさんでも、応募ハガキがボツになったくらいで、テレビ局に怒鳴り込んだりしないのではないか。何か理由があったはずだ。そう思い、テレビ局と何かあったのではないかと訊ねてみたが、彼女は、腹が立ったことしか記憶していなかった。

その後調べたところ、二〇〇七年五月二十四日に、日本テレビ木曜スペシャル『泣いた笑った！　ご対面あの人に会いたい』という、島田紳助司会の番組が放送されていたことがわかった。戸籍・除籍謄本の発行日は、その二か月前になる。ベルさんは、母親探しの目的以外に戸籍謄本を取り寄せたことはないし、最後の母親探しはテレビ番組応募だ。ということは、応募したのはこの番組で、戸籍・除籍謄本は、そのために取られたのに間違いないだろう。

テレビ関係の仕事をしている友人たちに意見を聞いたところ、いくつかの可能性があることがわかった。

・出演者募集の段階で、戸籍・除籍謄本を出してもらうことは絶対にない。ベルさんが戸籍謄本を用意したということは、一次審査は通って調査は始まり、その過程でボツになった可能性がある。

・戸籍・除籍謄本の発行日三月二十三日が調査の開始時期だとしたら、五月二十四日放送には間に合わない。それ以前から調査は始まっていて、ある段階で必要となって取り寄せてもらったのなら辻褄《つじつま》は合う。

・調査の途中でボツになった場合、応募者にはそれなりの説明がなされる。

・たとえ調査対象が見つかったとしても、対象者や家族の特性や事情によって、テレビ的に出せない場合がある。

・出演者の人柄も、審査対象になる。

これらを合わせると、ベルさんの記憶にはないが、一次審査は通って調査は始まっていた可能性がある。また、途中でボツになった理由が、戸籍・除籍謄本だった可能性は大いにありうる。パパとの調査のとき、叔父の反応は決して良いものではなかった。手紙を送った際のミヨさんの反応も、冷徹極まりないものだった。堤家の人たちは、ベルさんを拒否していたのだ。

それがボツになった理由だとしたら、テレビ局の人は、ベルさんにどう伝えただろう。今となっては想像するしかないが、「これでやっとお母さんが見つかる」と信じていたベルさんは、希望を毟《むし》り取られ、いたぶられたような気持ちになったのではなかろうか。もしそうであったなら、感情のぶつけどころを失った彼女が、テレビ局に乗り込んで行ったのも頷ける。

どんな経緯があったにせよ、手元に残った戸籍謄本を、ベルさんは怒りにまかせて破り捨てるようなことをせず、大切にとっておいた。そして、十五年の後、偶然にもわたしの前に差し出されたのだった。

そこには、考えてもみなかった重要な情報が、二つあった。

國籍アメリカ合衆国ルイス××××××と婚姻届出昭和参拾年参月弐拾九日東京都中央区長受附同年四月拾壱日送付

ジニヤ　男　出生：昭和弐拾八年×月×日。

國籍アメリカ合衆国サミエル××××××同人妻フローレンス××××××の養子となる縁組養父母及び縁組承諾者親権を行う母堤幸子届出昭和弐拾九年七月弐拾日受附

わたしは興奮気味に、そこに書かれていることと、それが意味するところをベルさんに説明した。

・一九四九年五月二十四日、札幌で長女麗子［ベルさん］出生。母、幸子。父の欄は空欄。幸子さんは一九三一年八月生まれなので、ベルさんを出産したときはまだ十七歳だった。

・一九五三年×月×日、札幌で長男ジニヤ出生。母、幸子。父の欄は空欄。ベルさんは「ジュニア」と記憶していたが、正しい名前は「ジニヤ」だった。

・一九五四年七月二十日、ジニヤさんは、アメリカ人夫妻の養子となった。実父に引き取られて渡米したという、ベルさんの認識は誤りだった。

・一九五五年三月二十九日、幸子さんは、アメリカ人のルイスさんと結婚した。

「ベルさん、弟はベルさんの四歳半下だから、ベルさんが小学三年か四年のときは、五、六歳だよ。お母さんが面会に来たときに抱っこしてた赤ちゃんは、弟じゃない。きっと、このルイスさんて人との間にできた子供だよ。だとすると、ベルさんにはもう一人きょうだいがいることになる」

この戸籍謄本を取ったとき、やはり同じように、誰かが一度解説したことがあるのだろう、ベルさんはいくつか思い出すことがあったようだった。

わたしの中に、猛烈な勢いで好奇心が湧き上がった。興味の的は、今までベルさんの口からは出てこなかった、幸子さんの結婚相手の名と、ジニヤさんの養父母の名だ。いずれもアメリカ人とわかっている。時期的にいって、軍関係の人だろう。インターネットを使った調査で、何かわかるかもしれない。

一気に酔いが醒《さ》めていく気がした。調べてみたいから戸籍謄本を預かってもいいかと訊ねると、ベルさんは拝むように両手を合わせ、「お願い」と頭を下げた。

「その代わり」とわたしは言った。出会ったばかりの頃、ベルさんをモデルにした小説を書きたいと思ったことがあったのを、思い出していた。

「ベルさんのこと、本に書かせて欲しいの。昔、小説を書きたいって言って、ベルさんに期待させちゃったことがあったけど、そうじゃなくて、ノンフィクション。ノンフィクションて、わかる？」

「うん、わかる。いいよ、書いて、書いて。わたしは前からずっと、自分のことを本に書くのが夢だったんだから、書いて欲しい。話したこと、全部、何もかも書いていいから。インターネットにも書いていい。えっちゃんのことは、信頼してるから」

「わかった。ありがとう。じゃあ、調べてみるね。期待に添えるかどうかわからないけど、わたしも、書けるとなったらとことんやる気になる。がんばってみるね」

帰宅すると、すぐにパソコンを開いた。途中で仮眠を挟み、ほとんど飲まず食わずで調べ続けた。そして、思ってもみなかったことに、翌日の夕方六時過ぎ、わたしは幸子さんを見つけていた。さらにその翌日の金曜日には、ベルさんが顔を忘れてしまい、ひと目会いたいと焦がれた人の、白黒写真と対峙《たいじ》していた。


土曜日、調べたウェブサイトを一日かけてすべてプリントアウトしながら、わたしは悩んでいた。わかったことを、ベルさんにどう伝えるべきか。事実を知ったら、彼女が苦しむのではないかという懸念があった。しかし、だからといって、わたしが勝手に忖度《そんたく》して決めていいことではない。

考え抜いた末、何も隠さず、すべてを話すことに決めた。

二〇二二年七月三十一日日曜日、何百回通ったかわからない新宿通りを、いつものように東に向かった。待ち合わせていた伊勢丹の一階宝石売り場に着くと、ベルさんは鮮やかなブルーのワンピース姿で、ジュエリーのショーケースを覗いていた。声をかけると、振り返った表情は期待に溢れていた。

まだ雑魚寝が開く時間ではなかったので、ほど近い『どん底』に入った。ここも新宿三丁目の老舗だ。ドアをくぐると、店員たちが次々声をかけてきた。

頼んだ白ワインが来るのを待つ間、この街に遊びに来たときのいつもの癖で、土地に染み込む女たちの匂いに思いを馳せた。それから、ミニスカートにピンヒールできめたベルさんが、巨漢のマリリンとケラケラ笑い合い、卑猥な言葉を投げかけてくる男どもに悪態を返しながら、二丁目に向かって跳ねるように歩いていく様を想像した。

ベルさん。電話で話したとおり、お母さんが見つかったよ。でも、残念ながら亡くなってた。

これが、写真。インターネットからコピーしてプリントアウトしたものだから、あまり鮮明じゃないけど。ベルさんの面影があるでしょう？　これを見つけたとき、鳥肌が立ったよ。幸子さんだって、すぐにわかった。とても若いから、ベルさんに会いに来たときと、変わらない年頃の写真じゃないかな。

今の時点でわかってることを話すね。

幸子さんの夫、ルイス・×××・×××さんは、黒人だった。二人の間には子供が四人いて、家族はアメリカのノースカロライナ州というところで暮らしてた。

ルイスさんは、一九八九年に六十歳で亡くなってる。その九年後、一九九八年に、幸子さんは六十七歳で亡くなった。二人は、死ぬまで添い遂げた夫婦だったの。

四人のきょうだいは、上から男、女、男、女。残念ながら、長男と次男の二人は、ここ数年の間に立て続けに亡くなってしまったの。女性二人は健在だよ。上がジャネットさんで、下がRさん。これが写真。特に末っ子のRさんは、ベルさんに似てるよね、肩の辺りの骨格がそっくり。

ベルさんがパパに連れて行ってもらった、埼玉の家があったでしょ？　幸子さんが住んでいたっていう。そこで大家さんに見せてもらった写真に、黒人の男の子が写っていた気がするって言ってたけど、この兄弟のどちらかかもしれないね。

どうやってお母さんを見つけたか、説明するね。インターネットで探したから、ベルさんにはわからないことも多いと思うけど、一応話しておく。

まず、アメリカの退役軍人のデータベースを、インターネットで見つけたの。退役軍人ていうのは、軍隊を引退した人のこと。あの時代に日本にいたアメリカ人といえば、間違いなく軍人だからね。

どこまで正式なサイトかわからなかったけど、とにかくそこで、ルイスさんを検索してみたの。戸籍謄本にはカタカナでしか書いてないから、大変だった。スペルがわからないからね。つまり、英語でどう書くのかわからないってこと。それで、いろんなスペルで試してみたけど、結局見つからなかった。

つぎに、ルイスさんと幸子さんの名前で検索してみたの、いろんなパターンでね。なかなかヒットしなかったんだけど、あるとき、一見関係なさそうなのに、何度も引っかかってくるサイトがあることに気がついて。

それは、ルイスさんと同じ姓の、ある黒人男性のメモリアル・サイトだった。亡くなった人を偲《しの》んで、家族か友人が作ったホームページ。ルイスさんの姓は珍しくないから、グーグル検索の結果は山ほど出てきたんだけど、このページだけ、繰り返し出てきたの。それで、腰を据えてくまなく読んでみたら、彼の両親を紹介するところに、ルイスさんの名前と、ＳＡＣＨＩＫＯ・Ｔ・×××という名前が併記されていたの。「Ｔって、ＴＳＵＴＳＵＭＩのＴ

だ!」って、心臓がバクバクしたよ。

そこから、夫婦が眠っている共同墓地の、ホームページに辿り着けたの。幸子さんの生年月日と、生誕地が書かれてた。戸籍謄本とぴったり一致したから、もう間違いないってわかった。メモリアル・サイトの彼は、幸子さん夫婦の次男だった。

彼は生前フェイスブックをやっていて、そこから彼の兄姉妹の三人と、甥に繋がった。全員、フェイスブックをやってたの。

特に長女のジャネットさんは、記事を多く上げていて、画像もたくさんアップしてた。だから、全部チェックしてみたの。そしたら、家族の写真が出てきてね。さっき渡したお母さんの写真も、そこにあった。たくさんの画像の中からあの一枚を見つけたときは、胸がいっぱいになったよ。思わず「幸子さん!」て叫んじゃった。

ベルさんが小学校三年生か四年生のとき、会いに来たお母さんが抱っこしていた赤ちゃんは、たぶんジャネットさんだと思う。記事から年齢がわかったのだけど、計算すると、彼女が生まれたのは、ベルさんが九歳になる年の一月だから。ベルさん、この妹さんに会っていたんだよ。

あのね、ベルさん。わたし、彼らのフェイスブックを、読めるだけ読んでみたの。家族のことが、たくさん書かれてた。誰かの誕生日や両親の結婚記念日、命日のたびに、愛情溢れる言葉と一緒に写真もアップされてた。とても仲がいい家族だったんだと思う。今でも、健在の姉妹と甥はとても仲がいい。きょうだいはみんな両親をとても愛していたし、愛されていたのがよくわかる。幸子さんは、きっと幸せだった。

ここからは、わたしの推測だよ。こんな家族を作った幸子さんは、とっても愛情深い人だったと思う。そんな人だから、ベルさんとジニヤさんのことを、忘れたことはなかったと思う。家族の愛情に包まれながら、苦しい思いを抱え続けて生きた人生だったと思う。亡くなる瞬間まで、ベルさんとジニヤさんのことを想っていたに違いないって、わたしはそう思うよ。

ベルさんは、よかった、よかった、お母さんが幸せで本当によかった、と言って、写真を見つめてむせび泣いていた。その姿を見て、一緒に泣きながら、わたしは全身の力が抜けるような思いだった。

前日悩んでいたのは、幸子さんが四人の子供を生み育て、幸福な家庭を築いていたことを、伝えるべきかどうかだった。かつては「どうして約束を破ったの」と詰め寄るために会いたかった母への思いが、いつしか「幸せでいるかどうか確かめたい」に変わっていたベルさんだったが、自分と血を分けたきょうだいたちが、両親の愛情を存分に受けて育っていたことを知って、平常心でいられるだろうか。それが心配だったのだ。杞憂《きゆう》だった。

ベルさんは、アメリカ人と結婚してアメリカに渡ったものの、そこで厳しい生活に晒《さら》され、孤独で寂しい人生を送る母を想像し、胸を痛めていた。実際、戦後アメリカ兵と結婚して渡米した「戦争花嫁」と呼ばれた女性たちには、偏見や差別で大変な苦労をした人が多かった。だから、笑顔ばかりの家族の写真を見て、ベルさんは心底嬉しかったのだ。

「お母さんは、わたしとジニヤのこと、きっと家族に秘密にしてたよね。だけど、お父さんには話してたんじゃないかって、思うんだ」

「お父さんて？」

「ルイスさん。この人、わたしの義理のお父さんでしょ？」

ベルさんは、その日からルイスさんを「お父さん」と呼び、彼の写真も欲しがった。わたしは、次に会うときプリントアウトして持ってくると、約束した。

そのあと、わたしたちはこれからのことを話し合った。ベルさんは一刻も早く妹たちと繋がりたいだろうが、彼女たちはおそらく母親の秘密を知らない。連絡のとり方には慎重になったほうがいい、とわたしは言い、ベルさんも賛成した。

「それから、ジニヤさんだね」

弟のジニヤさんについては、まるっきり空振りで、何も手掛かりを掴めなかった。別の手を考えるべきだが、その方法も思いつけないでいた。

「いいよ、ゆっくりで。わたしは焦ってない。お母さんのことがわかって、妹たちのこともわかったんだもの」

これほど嬉しそうなベルさんを見るのは、はじめてだった。幸子さんに伝えたい気持ちにかられた。もしも彼女が生きていたら、互いに失った七十三年間という時間を、どう埋めようとしただろうか。考えても仕方のないことが、頭をもたげてくる。

戸籍謄本によると、幸子さんは昭和六(一九三一)年、札幌にある豊羽《とよは》鉱山で生まれていた。主に亜鉛を産出していたが、半導体の原料であるインジウムが採れたこともあり、二〇〇六年まで操業していた金属鉱山だ。そうした土地で生まれ、十四歳で終戦を迎えた少女が、十七歳で米兵の子を産むまで、どんなことがあったのだろう。麗子と名づけたその子供を、いつ、どうして、横浜の児童養護施設に預けることになったのだろう。

鬼でも人でなしでもなかった一人の女性に、娘と息子を手放させたものは、何だったのだろうか?

この段階で判明したことは、以下のとおりである［以下、調査でわかったことには番号を振っていく］。

①ベルさんの母、幸子さんは、一九九八年に、ノースカロライナで亡くなっていた。享年六十七。夫のルイスさんはその九年前に死去。

②幸子さんとルイスさんの間には、四人の子供がいる。上から男、女、男、女。うち女性二人が健在である。

③天使の園にベルさんに面会に来たとき、幸子さんが抱いていた赤ちゃんは、夫婦の長女であるジャネットさんだった。

第二章　調査・二〇二二年

「お母さんを探して」というベルさんからの依頼を果たすと、わたしの興味はジニヤさん探しとともに、ベルさんがどうしてこのような生い立ちを背負うことになったのかに向いた。それはそのまま、幸子さんの人生を知りたいという欲求になった。彼女個人の過去を暴きたかったわけではない。ベルさんのお母さん探しの目的には「自分が生まれた意味を知りたい」という気持ちがあった。幸子さんの人生を知ることは、それに答えることになる。

GIベビーとその子を産んだ女性を巡る物語に、少しでも踏み込み、理解し、それをベルさんに伝えたかった。

神奈川県横浜市『聖母愛児園』への問い合わせ／二〇二二年八月五日

聖母愛児園　ご担当者さま

わたしは、岡部えつと申します。小説家をしております。

かつて聖母愛児園にいた友人の肉親探しの手伝いをしており、彼女の記録についてお訊ねしたく、メールを差し上げました。
戸籍謄本による友人のデータは、以下のとおりです。
氏名：堤麗子
生年月日：昭和二十四（一九四九）年五月二十四日
出生届け時の住所：北海道札幌市南二条東×丁目×番地
母親：堤幸子（すでに亡くなっていることがわかっています）
父親：空欄（麗子さんの外見と当時の社会的状況から、白人系アメリカ人と思われます）
麗子さんには、「小学校二年生くらいまで横浜の施設にいた」という記憶があります。二十年ほど前に一度調査をしたことがあり、貴園を訪ねて自分が在籍していたことを確認済みです。
聖母愛児園のあとは、北海道北広島市の『天使の園』に入りました。一人のシスターに引率されて、横浜から北海道まで電車で行ったと言っています。他にも二人の混血児、××エミコさんと××スミエさんが同行していたそうです。
また、麗子さんには、弟がいました。大人になって戸籍謄本を取るまで、その存在も知らなかったそうです。
以下、戸籍謄本による弟のデータです。
氏名：堤ジニヤ
生年月日：昭和二十八（一九五三）年×月×日
出生届け時の住所：北海道札幌市南八条西×丁目×番地
母親：堤幸子
父親：空欄
養子縁組：昭和二十九（一九五四）年七月二十日。米国人夫妻（サミエル・×・××××／フローレンス・×・××××）へ。

知りたいのは、以下のことです。
・堤麗子さんの『聖母愛児園』への正確な入園日と、手続きをした人物。
・父親の情報。
・麗子さんが『天使の園』へ転園した、正確な日付。
・弟ジニヤさんの、在籍記録。
・ジニヤさんが在籍していた場合、養子縁組は貴園で行われたものだったのか。

・貴園で養子縁組が行われていた場合、成立後のジニヤさんの所在や養父母の情報。わかる範囲で構いませんので、お教え願えないでしょうか。
麗子さんは今年、七十三歳になりました。これが真実を知る最後のチャンスかもしれないと考え、弟との面会を夢見ています。長年彼女の苦労を聞いてきたわたしとしては、その夢を、どんな形でも叶えてあげたく、協力している次第です。

どうぞ、よろしくお願いいたします。


聖母愛児園の施設長（当時）、工藤則光《のりみつ》さんより、すぐに返信が届いた。本人確認の上、わたしを堤麗子の代理人と認め、園に残っていた記録を調べて詳細な情報を送ってくれた。

明らかになったあらたな事実に、ただ息を呑むばかりだった。

④ベルさんの聖母愛児園への入園日は、昭和三十（一九五五）年十一月二十六日（ベルさん六歳半）。彼女を聖母愛児園に引き渡したのは、北海道北広島市の天使の園だった。
⑤台帳の母の欄には『堤幸子』、父の欄には『アメリカ／白』とだけ書かれている。
⑥聖母愛児園を退園した日は、昭和三十二（一九五七）年四月二十九日。ベルさんは小学二年生になったばかりだった。また、彼女の記憶は正しく、××恵美子《えみこ》さん、××澄江《すみえ》さ

んとともに、三人で天使の園へ移っていた。
弟ジニヤさんについての記録は、見つからなかった。

聖母愛児園にベルさんを預けたのは、幸子さんではなかった。ベルさんは、出生地である札幌市の隣、北広島市にある天使の園にそもそもいて、そこから横浜市の聖母愛児園へ転園し、さらにまた天使の園に戻されたというのだ。

わたしは数日前、占領時代に聖母愛児園で収容しきれなくなった子供たちを天使の園へ転園させていたという事実を、インターネットで見つけた西村健氏の論文「戦後横浜の『混血孤児』問題と聖母愛児園の活動」（「横浜都市発展記念館紀要」第17号、二〇二一年）で読んだばかりだった。占領軍施設の数が全国一多かった神奈川県には、児童養護施設に預けられる混血児の数も飛び抜けて多かったのだ。聖母愛児園と天使の園は、現在は別々のキリスト教団体が運営しているが、当時はどちらもＦＭＭを母体とする養護施設で、繋がり合っていた。

米軍キャンプの助けをかりて、横浜と東京で収容しきれなくなった子どもたちを札幌と北広島の施設へ送りました。子どもたちは札幌へ派遣されていく若い誓願者に守られて、米軍キャンプが用意した専用の貨物列車で無事札幌に到着し、北広島の施設へ移されました。貨物列車とはいえ、汽車に乗って行くことさえ非常に困難な当時としては、それは「お召し列車」と同じ位、高級なことでした。3回にわたって、子ども専用列車が札幌へ向かったと言われています。

論文中に引用されていたFMMの記念誌『日本におけるマリアの宣教者フランシスコ修道会の歴史　1898－1972』（日本管区歴史編纂チーム編、マリアの宣教者フランシスコ修道会日本管区、二〇一一年）のこの部分が、ベルさんの「横浜から北海道まで電車で行った」という記憶と一致するので、あとで確認しようと赤で囲んであった。

同じ論文を読まれている工藤さんも気になったらしく、メールの返信に「堤さんが北海道まで乗って行ったのが貨物列車だったかどうか、訊いてもらえないか」とあった。

ベルさんの答えは「四人掛けのボックス席に子供三人とシスター一人で座って行った」というものだった。どうやら客車だ。それぞれの席の位置まで覚えているので、間違いない。FMMでもわざわざ「お召し列車」と表現しているほどだから、子供らが貨車に乗せられたとも考えにくい。子供たちのための客車が、貨物列車に連結されていたのかもしれない。

この特別列車の運行について、ＦＭＭの記念誌には「3回にわたって」子供の移送が行われたとある。しかし聖母愛児園には、昭和二十二（一九四七）年から昭和二十四（一九四九）年までの間だけでも、少なくとも七回、子供たちが北海道へ移送された記録があると、工藤さんは一覧をメールに書いてくれていた。よく読むと、そのうち混血児が乗っていたのは三回なので、ＦＭＭが言う「米軍キャンプが用意した専用の貨物列車」はこの三回のみということだろうか。しかしそこには、ベルさんたちの移送が含まれていない。この数字は、今も謎のままだ。

さらに、昭和二十九（一九五四）年から昭和三十（一九五五）年の間に、計五人の混血児童が、米国への養子縁組候補として、北海道の天使の園とベビーホーム［ＦＭＭが運営する札幌の天使病院内にかってあった、乳幼児養護施設］から、横浜の聖母愛児園に送られてきた、との記録もあった。ベルさんも、この中にいた。

そして昭和三十二（一九五七）年、ベルさんを含む三人の混血児が、聖母愛児園から天使の園に移されたのを最後に、子供の移送の記録はなくなる。

工藤さんのメールには、北海道と横浜を〝往復〟した子供は、ベルさんを含めて三人しかいなかったとあった。つまり、養子縁組候補として横浜に送られた五人のうち、成立したのは二人だったということだ。

工藤さんによると、天使の園に戻された三人のうち、ベルさん以外の二人にも、養子縁組が進んだ記録があったという。しかし一人は性質上の問題で途中で取りやめになり、もう一人は一旦成立して米国へ渡ったものの、何か不調があり日本に返されたということだった。

ベルさんにだけ、養子の貰い手がつかなかった。混血児の中で最も人気が高かった「白人系女児」だったのに、何がいけなかったのだろう。

「子供のとき、わたしはとにかくいつもいらいらして、怒ってた。施設でも学校でも、すぐにカーッときて、人に噛みついたり、殴りかかったりしてた」

彼女のこんな性質が、米国人カップルたちに敬遠されてしまったのだろうか。

工藤さんからのメールには、古めかしい台帳の画像も添付されていた。台帳番号『700』、氏名『堤麗子』、洗礼名『Annetta』と一行で書かれた下に、幼いベルさんの写真が二枚貼られている。はじめて見る、子供の頃のベルさんだった。面影はあるが、おでこと耳の下でパキッと切り揃えられたおかっぱ頭の少女は、想像していたのとは、まったく違っていた。西洋人の特徴が濃いお人形さんのような顔に、その髪型はあまりにも似合っていない。

一枚は、証明写真用に撮られたと思しきバストショットだった。無地の壁を背にこちらをじっと見つめる二つの瞳からは、不安が見て取れる。もう一枚は、施設の庭か畑の前で撮られたらしい全身のスナップショットで、可愛らしいチェック柄のスモックを着た小さな少女が、ダリアのような花を三本抱えて眩《まぶ》しそうに笑っている。

後日ベルさんに見せると、スナップショットのほうを指差して、

「花なんか持って、可愛い服を着て。幸せそうだね」

と言った。

数日後のことだ。資料として取り寄せていた山崎洋子著『女たちのアンダーグラウンド

戦後横浜の光と闇』を読んでいると、著者が天使の園を取材し、横浜から転園してきた混血児について、職員に訊ねるくだりが出てきた。

答えているのは、かつて自身も天使の園で育ったという「Nさん」だ。

「横浜からは、たしかにハーフの子が来ました。もちろん、女の子ばかりです。小学校へも一緒に通いました。ビビアン、アネッタ、すみえ……私より、ちょっと年長の子たちでしたね」

（『女たちのアンダーグラウンド　戦後横浜の光と闇』亜紀書房刊、二〇一九年より）

アネッタ！　ベルさんのことだ。「すみえ」は、ベルさんと一緒に電車で北広島へ来た澄江さんだろう。ビビアンの名も、ベルさんの話に出てきたことがある。

興奮してベルさんに伝えると、彼女は特に驚きもせず、淡々とした口調で「それ喋ってる人、誰だかわかる。思い出した」と、フルネームをすらすらと言った。本に書かれたイニシャルと一致していた。

このあともベルさんは、調査が進むごとに、忘れていた記憶をたびたび蘇らせた。

北海道北広島市『天使の園』への問い合わせ／二〇二二年八月八日

聖母愛児園の工藤さんから得た情報を踏まえ、次にわたしは、北広島の天使の園へ問い合わせをした。

質問事項は、以下だ。

・ベルさんの天使の園への正確な入園日と、手続きをした人物。
・父親についての記録の有無。
・弟ジニヤさんの記録の有無。
・ジニヤさんの記録があった場合、養子縁組は天使の園で行われたものだったのか。
・天使の園で養子縁組が行われていた場合、成立後のジニヤさんの所在や養父母の情報。

天使の園の施設長、畠山祐志《はたけやまゆうじ》さんからの最初の返信は、施設が十数年前に建て替えられているため、記録の保管場所を調べるのに時間がかかるかもしれないが、できる限り調べてみる、というものだった。

七十年近くも昔のことなのだ。その間、敗戦の傷跡など顧みる余裕もなく上へ上へと猛スピードで驀進《ばくしん》していったこの国の変わりようを考えれば、そんな古い記録が残っているほうが奇跡なのだと、あらためて思い知らされる。

それでも数日後には、「大正から昭和中期頃までの資料を保管している場所を見つけたので、時間を見つけてご依頼の記録を探してみます」と、連絡をくれた。

コンピューターなどない時代の、紙の記録だ。キーボードで検索などかけられない。一つ一つ手に取り、一枚一枚めくって探してくれることを想像すると、頭が下がった。ありがたくて、いただいたメールに向かって思わず拝んだ。

弟

天使の園からの返信を待つ間、わたしは『Find My GI Father』という、フェイスブックに作られていたプライベートグループに入れてもらっていた。GIの父親や祖父を探す人たちを助けている、ボランティアグループだ。

それを見つけたのは、インターネットでベルさんのお母さんを探し当てたあと、引き続き弟のジニヤさんを探しているときだった。

唯一の手掛かりである養父母の名前で検索しても、まったく何も引っかからなかったので、他にアメリカ軍人の記録を検索できる方法はないか、様々なワードを手当たり次第にグーグル検索にかけていたとき、『GI Trace』*1というサイトに行き着いた。トップページに「This website has been created to assist people who are trying to trace their American GI fathers, grandfathers or wider family members.（訳：このウェブサイトは、アメリカ兵の父親や祖父、さらに広範囲の肉親を探している人たちを支援するために作成されました）」とある。ここに、関連グループのサイトとして『Find My GI Father』*2へのリンクがあったのだ。
フェイスブックグループの紹介欄には、次のように書かれていた。

あなたはＧＩファザーを探している“War Baby”ですか？（War Babyとは、ＧＩがアメリカ国外で兵役中に作った子供のことです）
我々は、アメリカ軍人の子供たち、特に第二次世界大戦中に生まれた子供たちが、行方の知れない父親を見つけるお手伝いをしています。すべてのサービスは無料です。父親の名前がわからない場合、『Ancestry《アンセストリー》』*3のＤＮＡテストを受ける必要があります。ボランティア調査員が、各調査過程において、あなたと共に作業します。調査の間、我々はあなたの手を取り、あなたが求める答えを見つける手助けをいたします。

「第二次世界大戦〝中〟に生まれた子供たち」とあるのに「おや？」と引っかかる。日本のＧＩベビーは戦後の占領期に生まれたが、アメリカと同盟国だったヨーロッパなどでは、戦争中に駐留兵との間に生まれた子供のほうが多かったのかもしれない。

ベルさんが目下行方を知りたいのは、父親よりも弟だったが、ＧＩベビーという立場から肉親を探していることには変わりない。それに、彼らが第二次世界大戦時の米国軍人を探すことに長けているとすれば、軍人に違いないジニヤさんの養父を見つけてくれるかもしれない。

ルールに従ってメッセージを送ると、彼らはわたしを、インターネットも英語もできないベルさんの代理人として、グループ参加を許可してくれた。

入会してからの最初のステップは、ベルさんの母親についてなどの当時の背景や、すでに手にしている情報などを、詳しく書いて投稿し、調査員に手掛かりを提供することだった。

八月十二日、わたしは最初の投稿をした。

こんにちは、日本人の岡部えつです。肉親を探している友人の堤麗子さんを手伝っています。

麗子さんは、第二次世界大戦後の占領期に、GIの子供として生まれました。同じGIの子として生まれ、米国人の養子となった弟がいます。

彼女は、弟とお父さんがどうしているのか、特に弟さんについて知りたいと思っています。

父親については、名前すらわかりません。手がかりは、戸籍謄本のみです。

一九四九年五月二十四日、麗子さんは日本の北海道札幌市で生まれました。彼女の母、堤幸子さんは、そのとき十七歳でした。麗子さんの戸籍謄本には、父親の欄に記述がありません。しかし彼女の容貌から、父親が白人であることは間違いありません。

麗子さんは、北海道北広島市の児童養護施設に入所しました。入所日は、施設に問い合わせ中です。

一九五三年×月×日、麗子さんの弟が北海道札幌市で生まれました。名前は「ジニヤ」です。英語の「ジュニア」かもしれません。父親の欄は空白です。

一九五四年七月二十日、ジニヤさんは養子に出されました。養父母はアメリカ人で、名前はサミエル・×・××××とフローレンス・×・××××。戸籍謄本には日本語表記しかないので、英語の綴《つづ》りはわかりません。

養父は、米国陸軍関係者だと思われます。当時、札幌には「キャンプ・クロフォード」という基地がありました。

一九五五年三月二十九日、幸子さんは米国軍人のルイス・×××・××××さんと結婚しました。彼は黒人です。夫婦はのちに、渡米しています。
わたしは先週、幸子さんを見つけ出しました。米国のノースカロライナですでに亡くなっていましたが、麗子さんの異父きょうだいにあたる四人のうち、二人の妹がご健在でした。
わたしのつたない英語をお許しください。

投稿のあと、一日も経たないうちに、調査員の一人であるテレサさんから、コメントがついた。

えつさん、ご投稿ありがとう。よい知らせがあります。麗子さんの弟が見つかりました。
ここから先は、メッセンジャーでやり取りしましょう。メッセージを送りましたので、チェックしてください。それから、麗子さんがお父さんを見つけるには、DNAテストを受ける必要があります。

仰天してフェイスブックのメッセンジャーを開くと、テレサさんからメッセージが届いていた。

テレサです。麗子さんの弟さんを見つけました。麗子さんは白人系だとのことですが、弟さんは黒人系です。つまり、麗子さんと弟さんの父親は、別の人です。

今、彼の住所を探しているところです。弟さんとの接触は、細心の注意が必要だと思われますが、どのようにしたいと考えていらっしゃいますか？

また、あなたは麗子さんの異父妹たちを見つけたそうですが、彼女たちとはもう、連絡を取っているのでしょうか？　テレサ

七月に戸籍謄本を見せられたとき、四歳半も離れている弟の父親はベルさんの父親とは別人かもしれないと、わたしはうっすら感じていた。そのことは、ベルさんにも話してある。白人との混血児を産んだあと、黒人との混血児を産んだ幸子さんに、いったいどんなことが起こっていたのか、思いを馳せると胸が苦しくなった。


テレサさん、あなたがこんなに早く麗子の弟を見つけたことに驚いています。ありがとうございます。ぜひ詳細を教えてください。

弟に対してどうしたいかについては、これから麗子に報告して、意見を聞こうと思います。

わたしが見つけた妹たちについても、麗子は連絡をしたがっていますが、非常にデリケー

トな問題なので、どうすべきか判断ができず、まだ何も行動を起こしていません。経験豊富なあなたたちから、アドバイスをいただけたら嬉しいです。えつえつさん、こんにちは。キャサリンが今、彼の現在の連絡先を調べているので、わかるまで数時間ください。妹さんたちへのベストなアプローチについても、あらためてまた連絡します。
麗子さんにハッピーエンドが訪れますように。テレサ

次にテレサさんからメッセージが届いたのは、本当に数時間後のことだった。「これが、弟さんです」の一文とともに、四つの画像が送られてきた。

一つ目の画像は、軍服姿の中年黒人男性のバストショットだった。星条旗と軍旗をバックに、胸には勲章を下げている。下には名前と所属している軍の名があった。

彼のファミリーネームは確かに戸籍謄本にあった養父母のものだったが、ファーストネームは「ジニヤ」とは似ても似つかぬ別のものに変わっていた。それよりもっと驚いたのは、彼がおそらく軍人の中でも上位の階級であることが、その方面に詳しくないわたしにもひと目でわかったことだった。

二つ目の画像は、ウィキペディアに掲載されている彼のプロフィールのキャプチャーだった。ウィキペディアに載るほどの、著名人なのだ。自分のブラウザでウィキペディアを開き、テキストを翻訳アプリに流し込む。学歴、軍歴、出世……、目が眩むような輝かしい経歴が、次々に現れた。

「弟さあ、アメリカでどういう生活をしてるだろうね。ヤク中とかになって、暗い、怖いようなところでさ、困った暮らしをしてるんじゃないかって、考えちゃうんだよね」

お酒の席で、何度かベルさんの口から出た言葉だった。困難の多かった彼女の人生を思うと「テレビの見過ぎだよ」と笑うことはできなかった。わたし自身もそんな想像をしていたから「そうだねえ」と答えてきた。お互い、理想を膨らませてがっかりするより、低く見積もっておくほうが気が楽だと考えていたのだろう。

しかし今、目の前に現れたのは、圧倒的権威を纏《まと》ったハイクラスの軍人だった。

三つ目と四つ目は、ウェブサイトに掲載された彼の個人情報一覧のキャプチャーだった。空欄も多いが、メリーランド州の住所と電話番号、そして生年月日が書かれていた。思わず「うわっ」と声を上げて、戸籍謄本と見比べる。ジニヤさんの生年月日と、完全に一致していた。

テレサさんの調査力に驚きつつ、わたしは、自分が欠片《かけら》さえ探し出せなかった情報の源が気になり、画像の上部に映り込んだロゴからウェブサイトを調べてみた。セキュリティロックがかかって中には入れなかったが、どうやら公開個人情報の検索サービスを提供しているサイトらしかった。無料と有料のオプションがあり、利用者が情報を取り下げる機能も用意してある、と書いてある。

ベルさんのお母さんを探しているときにも、こうしたサイトにはよく行き当たった。探している名前がヒットしているので期待して先に進もうとすると、必ず有料の会員登録ウインドウが開く。怖いので、調査はそこで止めた。後にテレサさんたちにインタビューしたとき、「DNAテストのサイトや個人情報データベースなど、アメリカは他の国とは比べものにならないほど個人情報がオープンで、驚かされる。しかしそのおかげで、わたしたちの調査はとてもはかどる」と言っていた。

画像のあとには、テレサさんのメッセージが続いていた。

弟さんは軍人として大成功した人だったので、あなたからの情報だけで、すぐに特定することができました。こんな簡単な調査は珍しいことです。

彼は、自分が養子であることを知っています。アプローチするなら、手紙をお勧めします。

手紙は、相手に情報を受け止める時間を与えられるからです。

手紙では、麗子さんが何年何月何日生まれの弟を探していると、伝えてください。そして、弟さんの生年月日や養子縁組の内容が書かれた書類、麗子さんの情報が書かれ二人が姉弟であることがわかる書類など、すべての書類のコピーを添付してください。麗子さんの写真も添えてください。

あなたのEメールアドレス、電話番号、住所、SNSのアカウントなど、できるだけたくさん伝えて、彼があなたと容易に連絡をとれるようにします。そして、英語を使えない麗子さんの代わりにあなたが書いていることを、記してください。

この手紙で麗子さんが弟を探していることを知らせたかっただけであること、麗子さんは弟が喜んでくれることを望んでいることを、伝えてください。

あなたが見つけた妹さんたちにも、同じようにアプローチするとよいでしょう。彼女たちはおそらく、母親に他に子供がいたことを知らないでしょうから、慎重に進めるべきです。

彼女たちの住所はわかっていますか?

手紙の内容については、必要であればキャサリンとわたしが喜んで事前に拝見し、助言させていただきます。テレサ
長年にわたる調査の経験から培ったノウハウを、彼女たちはこうして惜しげもなく提供

してくれている。

テレサさん、ありがとうございます。正直、彼の立派な経歴に驚いています。すぐに麗子に知らせます。

あなたのアドバイスどおり、彼と妹さんたちに手紙を書こうと思います。出す前に、ぜひチェックをお願いします。

妹さんたちの住所は、わかっていません。わたしが彼女たちに繋がれるのは、フェイスブックのアカウントだけです。えつ

わたしはそう返信した。

その後キャサリンさんから、ジニヤさんに関するさまざまな新聞記事や動画が送られてきた。『Newspapers.com』という新聞のアーカイブサイトと、YouTubeに上がっているものだった。

どれにもこれにも、驚かされた。最も古いものは七〇年代、彼がエリートを目指して士官学校で学んでいる時期の新聞記事で、何かの表彰を受けている姿がいくつか取り上げられていた。そこには、所属していたアメリカン・フットボールチームでの活躍も含まれる。

卒業時には、優秀者として表彰されていた。

軍人になってからの栄光は、軍のYouTube動画に詳しかった。彼が札幌で生まれたところから始まるこの動画では、まばゆいばかりの経歴が次々と流れる中で、オバマ大統領とのツーショットまで出てきたのだから、もう呆気にとられるしかなかった。

ベルさんにこれらを見せると、

「いい家に貰われたんだね。大学を出てるんでしょ？　頭がいいんだ。きっと大切に育てられたんだね。よかった、よかった」

そう言って、いつまでも画像を見つめていた。

彼女は、異父妹たちについても、フェイスブックのプロフィールから大学を出ていることを知ると、「勉強ができたんだね。すごいねえ」と、力を込めて言った。「きょうだいたちがみんなこんなに立派なんだもの、わたしだってちゃんと教育を受けていれば、ねえ……」と、つぶやいたこともあった。

まもなくして、テレサさんから「妹さんのうち、Rさんの住所がわかりました」と連絡がきた。読んでみると、わたしがすでに調べ上げていた、ノースカロライナ州の幸子さん夫婦の住所と同じだった。ジャネットさんの住所も、まもなく特定してくれた。カリフォルニア州在住だった。

わたしは彼らに出す手紙の文面を考えるために、パソコンを前に深呼吸した。

ここまでの調査から判明したことは、以下のとおりである。

⑦ジニヤさんは黒人系であり、ベルさんとは異父姉弟だった。

⑧ジニヤさんは、米国の黒人夫婦の養子になったときに、名前を変えた。

⑨ジニヤさんはアメリカで高等教育を受け、軍のエリートとして出世し、かなり上級の高官となった。

⑩幸子さんの娘二人のうち、姉のジャネットさんはカリフォルニアに、妹のRさんはノースカロライナの実家に住んでいる。

『Find My GI Father』

『Find My GI Father』は、テレサさんとキャサリンさんという、二人の女性によって運営されている。テレサさんがオーストラリア、キャサリンさんがイギリス在住だ。

二人ともGIの子、孫という当事者で、かつて父、祖父探しを個人で行った。その経験をきっかけに、それぞれが別々に、長年にわたってGIファザー探しを手助けする活動を行っていた。両者とも、わたしがこのグループに辿り着くきっかけになった『GI Trace』のメンバーだ。

数年前、二人はフェイスブックを通じて出会い、互いの調査方法や考え方に共感して、二〇二〇年に『Find My GI Father』を立ち上げた。寄付や補助は受けておらず、調査のためにかかる費用はすべて手弁当とのこと。

フェイスブックにプライベート・グループサイトを開設して以来、『Find My GI Father』には世界中からアクセスがあり、さまざまな国籍の人が入会しているが、日本人はわたしが初めてだと言われた。

多くの日本人にとって、英語の壁は大きいと思う。それから、インターネットに不慣れな人には、それもハードルだろう。

しかし、それより何よりもっと根本的なことが、日本人GIベビーたちから、彼女たちのようなボランティアグループへのアクセスを阻んでいた。

情報だ。

ある日、キャサリンさんが古いアメリカのニュース記事を『Find My GI Father』でシェアした。

一九九〇年十一月十七日（土）／ワシントン（AP通信）――【米政府が、外国に残された米兵の子供たちが父親に連絡できるよう、支援することに同意】

米国国立公文書館と英国の団体「War Babes」は金曜日、二年前に提起された訴訟の和解案の詳細を発表した。この訴訟は、米国の公文書館と国防総省に対し、父親から引き離された子供たちを助けることを強く求める目的で起こされていた。

この和解は、政府によって木曜日に署名され、コロンビア特別区のジェイ・B・スティーブンス連邦検事と「War Babes」のジョーン・S・マイヤー弁護士によって、連邦裁判所に提出された。「War Babes」とは、英国バーミンガムを拠点とする、米兵の息子や娘たち三〇〇人で構成される団体である。現在、最終的な裁判所の承認を待っている。

この裁判で画期的だったのは、トーマス・ペンフィールド・ジャクソン判事が七月、国防総省の弁護側に対し、子供からの連絡を拒否する父親の宣誓供述書[*3]を提出するよう命じたことだ、とマイヤー氏は言う。

マイヤー氏はこの和解について、「第二次世界大戦中、軍が兵士たちに余暇を楽しむことを奨励する一方で、子供の母親との結婚を阻止するため、兵士たちを探し出せない場所に異動させた過ちを、是正するものである」と述べた。

彼女はさらに、この和解は、朝鮮戦争やベトナム戦争の帰還兵を含め、父親を知りたいと願う全てのアメリカ退役軍人の子供たちを助けることになると付け加えた。国防総省はこれまで、退役・現役軍人に連絡を求める要請を、たとえ名前や軍歴番号がわかっている場合であっても、個人情報保護法を理由に拒否してきた。

これに対し「War Babes」は、米国の情報公開法に基づき、子供たちが情報を得る権利が、個人情報保護法よりも優先されることを立証しようとした。

「War Babes」は、国防総省はこれまで「青少年期の兵士たちが過ちから子供を作ることは、最悪な恥ずべきことではあるが、一方で極めて小さな個人的なことでもある。彼らが歓迎するしないにかかわらず、長い間会っていない子供からの連絡は明らかに侵害的である」と主張してきたと述べ、この和解案を「世界中の家族にとって重要な勝利」とした。

「War Babes」の創設者であるシャーリー・マクグレイド氏は、この訴訟で提出された宣誓供述書の中から何人かの父親を調査した結果、アメリカ政府の見解に反して「ほとんどすべてのケースで、父親が大きな喜びをもって子供を迎え入れた」と述べている。

政府は和解の中で、国防総省の指示の下、公文書館が運営する全国人事記録センターに記載されている父親の住所に、息子や娘からの内容証明郵便を転送することに同意した。

父親が死亡している場合、政府は手紙を返送する際に、その住所を開示することに同意した。それ以外の場合は、市と州名は開示されるが、通り名と番地は開示されない。

マクグレイド氏は、彼女自身がウェールズ人女性とアメリカ軍兵士の娘であること、父親は母親の妊娠を知らずに去ったことを語った。彼女は、アメリカのラジオ番組の助けを借りて、カリフォルニアで父親を見つけた。

マイヤー氏は、イギリス国内だけでも数千人の息子や娘たちが、この和解案の影響を受けるだろうと述べた。加えて、すべての子供が非嫡出子であるわけではないこと、戦時下に男女が引き裂かれるさまざまな例についても指摘した。


思わず「えーっ」と声が出た。

調査を進める中で、幸子さんに興味を惹かれていたわたしは、GIベビーの子供を産んだ女性たちについての資料を、いくつか読んでいた。それがどれもこれも、

「結婚を誓った恋人だったのに、突然に朝鮮戦争への出兵命令が下って、彼は戦地へ行っ

てしまった。お腹に命が宿ったとわかっても連絡が取れず、後に戦死の報を受けた」

「二人で家を借り、出産の準備をしていたら、彼に急な転勤命令が出て、米国に帰ってしまった。一人で子供を産んだわたしの元に、彼はしばらく送金してくれたけれど、次第に滞り、手紙も減り、やがて連絡が途絶えてしまった」

というような、順調な交際→相手の突然の転勤→連絡とれず、のワンパターンばかりだった。それは、偶然ではなかったのだ。この記事によれば、アメリカは政策として、現地女性を妊娠させたり結婚を望むほど親密になった兵士を、故意に遠方へ異動させていた。なのに、わたしが手にしたどの資料でも、この似たような体験を「不運な巡り合わせ」としてしか扱っていなかった。どこを探しても、この米国の政策については出てこない。なぜなのだろう。

テレサさんとキャサリンさんに尋ねたところ、米軍が駐留兵士と現地女性とを結婚させないために急な異動を命じていたことは、少なくともイギリスでは周知の事実だったという。特に現地の白人女性と関係した黒人兵士には、厳しくその措置がとられたというから、主な理由は異人種間結婚への嫌悪だったことが窺える。愛し合うカップルが、人種差別に根ざした政策によって引き裂かれていた。

今では考えられないが、この頃のアメリカにはまだ、公然と黒人差別があった。幸子さんの夫ルイスさんの出身地であるノースカロライナを含む南部の州では、ジム・クロウ法という黒人を差別する州法まであった。人種差別を撤廃する公民権法が成立したのは、第二次世界大戦終戦からおよそ二十年後の一九六四年で、南部に残っていた異人種間結婚禁止の法律が撤廃されたのは、さらにその後のことなのだ。

また米軍は、日本の戦災孤児には援助や補償を行っていながら、混血孤児に対しては直接的にはいっさいそうしたことをせず、その存在を無視したという事実もある。日本の混血孤児たちが、主にキリスト教会系の団体が運営する施設に収容され、寄付による支援で保護されていたのはそのためだ。異人種間結婚への偏見は、その結果である子供たちを透明化し、彼らに多大な不幸を背負わせた。

そして、何よりわたしが驚き愕然としたのは、先に紹介したAP通信のニュースが、日本で報道された様子がないことだ。

この和解案は「朝鮮戦争やベトナム戦争の帰還兵を含め、父親を知りたいと願う全てのアメリカ退役軍人の子供たちを助けることになる」とある。日本のGIベビーたちも、当然恩恵を受けなければならない。それなのに、バブル経済に浮かれていた一九九〇年の日本のメディアは、来る日も来る日も経済、金融、エンタメ優先で、この重要なニュースを報道しなかった。

二〇二二年九月二十一日

この日わたしは、ベルさんの家にいた。天使の園の施設長、畠山さんと、スピーカーフォンで一緒に話を聞くことになっていたのだ。

少し前、天使の園からとうとう、ベルさんの記録が見つかったと連絡があった。ところが、園の規則で記録の開示は本人にしかできないという。しかしベルさんは、複雑なことを理解するのが苦手だし、それをメモしてわたしに伝えることも難しい。

すると、畠山さんは「堤さんご本人さえそこにいてくだされば、岡部さんが隣で聞いていらしても構いません」と言ってくれた。そこで、スピーカーフォンで話をすることになった。

まず、見つかった記録からわかったことから話してくれた。

⑪ベルさんは、昭和二十六（一九五一）年九月十四日、二歳四か月のときに、北海道中央児童相談所を介して、天使の園に入所した。

⑫親の情報は母の幸子だけで、父はなし。

⑬昭和二十四（一九四九）年八月十四日、生後三か月のとき、札幌市北十一条教会で洗礼を受け、洗礼名「アネッタ」を授かっている。
⑭昭和三十三（一九五八）年十月二十六日、九歳のとき、天使の園に隣接する北広島教会にて、初聖体を拝領している。

二歳四か月のとき入所。

「てことは、ベルさん、それまでお母さんに育てられていたんだよ！」

思わず大きな声を出してしまった。ベルさんに記憶はないだろうが、母娘二人で暮らしていた時間がきっとあった。そう思うと、胸が熱くなった。ベルさんも、嬉しそうだった。

そこでわたしの中に、疑問が一つ浮かんだ。なぜ幸子さんが、ベルさんに洗礼を受けさせたのかということだ。

「ベルさんのお母さんが、クリスチャンだったということでしょうか」

畠山さんに訊いてみた。

「そうですね。または、お父さんが」

「ああ、そうか。アメリカ人なら、クリスチャンだった可能性はありますね」

今までどこにも、影も形も出てこなかった「お父さん」が、ここではじめてちらっと顔を出した。

赤ん坊のベルさんが、まだあどけなさが残っていたかもしれない十八歳になったばかりのお母さんと、軍服姿のお父さんに抱かれて、教会の階段を上がっていく様を想像する。本当に、そんな光景があったのだろうか。二人はどうして出会い、どんな関係で、なぜ別れてしまったのか。


この日は、アメリカのジャネットさん、Rさんの姉妹とジニヤさんに出す手紙も準備した。ベルさんの手紙の文面は、彼女の意図を汲みながら、わたしが考えた。

ジャネットさま〔Rさん宛も同内容〕

はじめまして。わたしは、堤麗子といいます。洗礼名は、アネッタです。

あなたのお母さん、幸子が、最初に産んだ子供がわたしです。四歳下には弟もいますが、生まれてすぐ養子に出されたので、会ったことはありません。

わたしは、小さい頃に施設に預けられました。母は、わたしが九歳の頃、一度だけ施設に会いに来てくれました。そのとき、彼女が赤ちゃんを抱いていたのを覚えています。

わたしは長い間、母と弟を探していました。そして、やっと見つけ出すことができました。

母が、アメリカで幸せな家庭を築いていたことを知り、とても嬉しく思っています。母が生きている間に、会いたかったです。母には、わたしを産んでくれたことを感謝しています。

いつか、お墓参りをしたいと思っています。

ご返信いただけることを、願っています。できればあなたにお会いしたいですが、もしも、そっとしておいて欲しいとあなたが望むなら、わたしはそれでかまいません。日本で、あなたの幸せを祈っています。

いつまでも、ご家族とお幸せでありますように。

私は今、幸せです。

堤麗子

D［ジニヤさんの現在の名前］さま

はじめまして。わたしは、堤麗子といいます。洗礼名は、アネッタです。あなたが幸せであることを、ずっと祈ってきました。

あなたが産まれる四年前に、母、幸子が最初に産んだ子供が、わたしです。わたしは、あなたの姉にあたります。

私は、小さい頃に施設に預けられました。母とは、九歳の頃に一度会っただけです。ですので、あなたを探すのと同時に、わたしは母のことも探し、見つけることができました。母は、一九五五年にアメリカ人と結婚して、アメリカに渡りました。子供を四人産んで、幸せな家庭を築いていました。

そして、一九九八年に、ノースカロライナで、六十七歳でなくなっています。母に会いたかったです。母には、わたしを産んでくれたことを感謝しています。

いつか、お墓参りをしたいと思っています。

できればあなたにお会いしたいですが、もしも、そっとしておいて欲しいとあなたが望むなら、わたしはそれでかまいません。日本で、あなたの幸せを祈っています。

いつまでも、ご家族とお幸せでありますように。

わたしは今、幸せです。

堤麗子

ベルさんの手書きの手紙には、わたしが英訳したものをつけた。そしてわたし自身も、戸籍謄本の内容を英語で説明する手紙を書いた。どちらも草稿を『Find My GI Father』のテレサさんとキャサリンさんに読んでもらい、アドバイスを受けて、修正を繰り返した後に完成させたものだ。手紙の末尾には、ベルさんとわたしの住所と電話番号の他、わたしのメールアドレスを書き添えた。

そして手紙のほかに戸籍謄本の写し、ベルさんの写真を封筒に入れ、わたしはそれらを武蔵野《むさしの》郵便局から送った。

エアメールがアメリカに届くまでに、およそ一週間。その間、想像は際限なく膨らんだ。行ったこともないノースカロライナの、カリフォルニアの、メリーランドの、それぞれの家の郵便ポストから、彼らがわたしたちの手紙を手にする瞬間を思った。

二〇二二年九月二十六日

問い合わせをしていた児童相談所から、返信メールが来た。ベルさんが天使の園へ入所するのを、仲介した児相だ。

六十年以上前のことなので、ベルさんの記録は残っていない、弟のジニヤさんについても同様、ただし、養子縁組は家庭裁判所が関わるのでそちらに尋ねてはどうか、とのことだった。

すぐに、札幌家庭裁判所に問い合わせメールを出した。

二〇二二年十月三日

札幌家庭裁判所より、電話がきた。

家庭裁判所の記録書類は、種類によって五年、あるいは三十年保存したのち破棄されることになっている。したがって、ジニヤさんの養子縁組の記録は調べられないというものだった。

「戸籍謄本に養子縁組の記載があるということは、正規の手続きで養子縁組されたと考えていいですか?」

の質問には、そうだと思う、との回答。

アメリカの妹たち

二〇二二年十月六日、アメリカから、ついにメールが届いた。

堤麗子さんからの手紙の件で、ご連絡しました。××× FAMILY

×××には、幸子さん一家のファミリーネームが入っていた。すぐにベルさんに電話をしたが、出ない。興奮しながら返事を出した。

メッセージをありがとうございます。
麗子はあなたからの返事を待っていました。
どんなことでもお答えしますので、質問してください。

次のメールは、次女のRさんの名前で来た。彼女は、わたしがnoteに書いたベルさんに関する記事を読んだと書いていた。ジニヤさんが見つかったあと、出版社への売り込みを目論《もくろ》んで、八月十九日にアップしたものだ。翻訳機を使って読んだらしい。続けて、自分がきょうだいの中でも母親と特に親しく、幸子さんが病気の間はずっと看病していたこと、その間にたくさんの言葉を交わしたが、ベルさんのことは何も話してくれなかったこと、そして、できるだけ早くDNAテストを受けるつもりだと書いてあった。

わたしは、ベルさんが父親を探すためにすでに『Ancestry』にDNAの検査キットを送っていることを書き、ここでテストを受けてもらうよう頼んだ。後の検査結果から、Rさんとベルさんは間違いなく姉妹であることが証明された。
次いで、長女のジャネットさんからもメールが来た。

わたしたちは家族で話し合い、麗子を家族として受け入れることを決めた。

とあった。
こんな言葉をもらえるとは夢にも思っていなかったわたしは、胸がいっぱいになった。二人の姉妹は、それぞれがメールに「過去を変えることはできない」と書いていた。質問したくても、幸子さんはもういない。困難が多かったベルさんの生い立ちも、変えることはできない。でも、未来は全員に同じだけある。その時間を家族として共有したいと、彼女たちは言ってくれている。わたしはそう解釈し、ベルさんに伝えた。
ベルさんは言葉にならず、ただただ泣いていた。

それから少しずつ、メールでのやりとりが始まった。その中でわたしは彼女たちに、ベルさんが生後三か月で洗礼を受けていることを伝え、幸子さんがクリスチャンだったかどうか尋ねた。

ジャネットさんからの返信は、意外なものだった。

いいえ。わたしも他の家族もクリスチャンですが、母だけは熱心な仏教徒でした。日蓮正《にちれんしょう》宗《しゅう》の信徒で、家には御本尊もありました。母が亡くなったとき、母の日本人の友人たちは、お題目を唱えてくれました。

頭が混乱した。幸子さんは仏教徒だった？　しかも、熱心な？

はっとした。ベルさんがかつてパパと訪ねた、叔父さんのことを思い出したのだ。

「一つだけ覚えてるのは、パパが『あの家は、たぶん創価学会だぞ』って言ってたこと。部屋に、ものすごく大きな仏壇があったんだって」

調べてみると、日蓮正宗は創価学会が枝分かれした元の宗教団体だった。もしかしたら、日蓮正宗は堤家が帰依していた宗教だったのかもしれない。

だとしたら、幸子さんが娘にカトリックの洗礼を受けさせたのは、やはりベルさんの父親がカトリック教徒だったからということだろうか。そうでなければ道理が通らない。幸子さんとベルさんの父親の関係がまったく見えない中、わたしの頭には、ベルさんが二歳になるまで一緒に子育てをしていた両親の姿が思い浮かんでいた。

ジャネットさんのメールには、続きがあった。

不思議なことがありました。母が亡くなったとき、母の首には十字架のペンダントが掛けられていたのです。わたしが以前、プレゼントしたものでした。母は、亡くなる前にクリスチャンになり、神の祝福を受けたのだと、わたしは信じています。

わたしは、ジャネットさんとは別のことを考えていた。長年仏教徒であることをやめなかった幸子さんが、今際《いまわ》の際《きわ》で、クリスチャンである子供たちや亡夫を思ったのは当然だろうが、そこには、殊にベルさんへの思いがあったのではないだろうか。この世で一緒に暮らせなかった娘のことを思い、せめてあの世で一緒にと、十字架を首にかけたのではないだろうか。

ここまででわかったこと。

⑮幸子さんは、熱心な仏教徒だった。

仏教徒であった幸子さんが生後三か月の娘に洗礼を受けさせたのは、娘の父親がクリスチャンだったから。この仮説を足掛かりに、ベルさんの父親がわかり、両親の関係もわかるのではないかと、わたしは期待していた。

しかし一方で、運良く父親が特定されたとしても、幸子さんとの関係によっては、触れてはいけない相手かもしれないという懸念もあった。

言うまでもなく、GIベビーは様々なシチュエーションで誕生した。純粋に恋に落ちたカップルから生まれた場合もあったが、暴力的な関係によって生み落とされた子供もいた。ベルさんをそれに当てはめたくはないが、触れないわけにはいかない。

進駐軍

十四歳がいかに繊細な年齢か、覚えのある人は少なくないと思う。女も男も、その性的特徴が体にどんどんと現れて、大人になりきれていない心が追いつかず、常に情緒が不安定だったあの頃だ。

異性を「恋愛対象」として猛烈に意識する一方で、「穢《けが》れた敵」として毛嫌いしてもいたあの頃。悪人はテレビドラマや小説の中だけでなく、身近なところにも、善人の中にさえもいると感づき始めたあの頃。自分を絶対に侵されてはならぬ特別な存在だと信じる一方で、何の価値もないちっぽけな存在だと捨て鉢にもなったあの頃。箸が転がっても笑ったが、一分後には風に撫でられて泣いたあの頃。今思い出しても息が詰まるような、敏感で危うい一時期だった。

日本が敗戦を迎えたとき、幸子さんは十四歳になって二週間足らずだった。

そのときの札幌がどんな様子だったのか、北海道新聞で二〇一三年八月に連載された特集『米軍がいた札幌』の記事（八月六日）から、当時の状況を想像してみようと思う。

まず、女性として見逃せないのは、進駐軍が入ってくる前の混乱ぶりだ。

米軍進駐を前に市民が最も恐れたのは、米兵による女性への犯罪だった。連合国軍総司令部（ＧＨＱ）最高司令官ダグラス・マッカーサーが神奈川・厚木基地に降り立った１９４５年８月30日、早くも横須賀市で米兵による性的暴行事件が複数発生し、17歳の少女や34歳の女性らが被害にあった。

国は終戦からわずか３日後の８月18日、進駐軍向け慰安施設の設置を求めるよう全国の警察に通知した。米兵の性的暴力から一般女性を守るための「対応策」だった。道警本部による「北海道警察史」（68年発行）によると、慰安婦の募集を警察官自らが行い、「警察署保管の旧娼妓名簿から前職者の住所、氏名を調査し、彼女らの住む山村や漁村を訪ね、毛布や足袋、砂糖を贈って、日本および日本人のために再び稼働するよう説得し、協力を求めた」という。

45年9月26日付の北海道新聞は「愛嬌笑いも禁物」との見出しを付け、［中略］女子が初対面の米兵にほほ笑むのは避けるよう呼びかけている。［中略］進駐当日の10月5日の紙面では、「特に女性は派手な化粧をしたり、素肌を出すことを避け、足袋は必ずはくようにしましょう」と念を押し、目立たない身なりを心掛けるよう求めている。［中略］相手にウインクと受け取られないために「片目をつぶらない」と、職場で細かい注意を受けた人もいたという。

2カ月ほど前まで敵国軍として憎悪の対象だった米軍は、これから札幌で何をするのか――。市民の不安はピークにあった。

毎日新聞社編『私たちの証言　北海道終戦史』（毎日新聞社刊、一九七四年）からも、進駐前夜の様子を抜粋する。

米軍進駐に当たって道民の動揺は、はなはだしかったが、人心の安定に心をくだいた警察自体も、内心の不安をおおい隠せなかった。占領された経験を持たなかったため、占領軍によって、どういうことが行われるのか見当もつかなかった。と同時に思い起こされるのは日本が中国をはじめとする外地で行った占領政策だった。日本が行ったと《ママ》同じことが米軍によっても行われるのではないかと、だれもが考えた。

当時の警察官は、どう考えていただろうか。〔中略〕「当時、警察で考えられていたことは①〔占領軍が〕警察の組織を根本的に変え、権限をなくして市民に対する指導権を取り上げてしまう②〔占領軍が〕軍政をしく③治安はメチャメチャになって凶悪犯罪が続発する。とくに婦女子がねらわれ、混乱状態となって日本人の純血が失われる——などだった」と、その動揺ぶりを語る。そして実際に道内各地では婦女子に対する警告があらゆる機会をとらえ、徹底的に行われた。

「日本人の純血」という記述が、混血児であるGIベビーについて書こうとしているわたしに、鋭く迫ってくる。同時に、異人種の交わりを嫌った米軍がとった兵士異動の政策も、頭をよぎる。

続いて、進駐軍が札幌に入ってきた日の様子を辿ってみる。まずは、『米軍がいた札幌』より（八月六日）。

敗戦から2か月近く、10月5日の札幌市は、最高気温15・6度と、10月上旬にしては肌寒かった。

この日、札幌国道（現在の国道五号）を小樽から札幌方向に向けて進む車列があった。ヘルメット姿の兵士を乗せた軍用トラックや装甲車が、砂煙を上げて走っていく。

一団は米太平洋陸軍第九軍団第77師団。

［中略］

77師団は二手に分かれて北海道へ上陸した。4日に約6千人が函館へ、5日早朝に約8千人が小樽へ。札幌へ向かったのは、小樽に上陸した米兵たちだった。札幌市史によると、5日午前10時すぎに、最初のトラックが札幌市街地に到着したという。

「10月上旬にしては肌寒かった」とあるが、終戦の一九四五年は冷害の年でもあった。そのせいで、全国的に食糧難に陥ったという。進駐軍というと、子供たちが寄ってたかって「ギブミー、チョコレート」とせがみ、米兵が動物園の餌付けのように菓子を投げる映像が思い浮かぶが、日本のダメージは敗戦からだけではなかったのだ。

当時13歳で旧制北海中生だった［中略］朝倉賢さん（81）は帰宅中の昼すぎ、豊平橋近くの倉庫の影から、月寒《つきさむ》方向に走っていく米軍を目撃した。

車両の荷台に取り付けられた機関銃が、沿道に向けられていた光景を今も忘れない。

「米軍は日本側からの攻撃を警戒していたのだろう。実際に撃つことはなかったが、銃口が道路沿いの建物や歩道に向いているのを見て足がすくんだ」

『私たちの証言　北海道終戦史』からも、同じく一九四五年十月五日と翌六日の札幌の様子を二か所抜粋する。

昼間だというのに、戦車もトラックもライトをつけて、延々と列をつらねてはいってきた。兵士たちの顔は、油と汗でどろどろ。自動小銃を構え、目だけギラギラ光っている姿を見たときは、異様な威圧感を受けた。［中略］砲身や車両のわき腹にグアム、レイテ、沖縄など、戦歴の地名がしるされ、なかには日の丸の旗も描かれていた。

翌六日、三越、丸井、五番館の各デパートで〝どうぞお国へのおみやげに〟と、みやげ店を一斉に店開きしている。ここで売られた人形、扇子、羽子板、あるいはクマの木彫り、酒どっくりなどは、弾丸を作るために金属回収をしたのと同じ家庭から道や市が町内会を通じ集めたものだった。

こんな景色の中に、十四歳の少女はいた。わずか三年後に米兵の子を身籠るなどとは、夢にも思っていなかったはずだ。

洗礼

二〇二二年十月十一日、天使の園の畠山さんから、追加情報のメールが来た。

知り合いの神父に訊いたところ、カトリックでは洗礼を受けると洗礼台帳というものに記録されるとのこと。そこには両親の名が記されます。もしかしたら、麗子さんのお父さんのお名前があるかもしれません。また台帳には、女の子なら代母、男の子なら代父の名も記載されるはずです。その方がわかり、まだご存命であれば、お母さんの情報を得られるかもしれません。

という内容だった。

実はこのメールを受信した前日、わたしはまさに洗礼には「代父母」がいることを知り、ベルさんが洗礼を受けた札幌の『カトリック北十一条教会』に、問い合わせの手紙を出したばかりだった。

洗礼台帳というものがあるなら、一気に父親の情報に辿り着けるかもしれない。期待が膨らんだ。

ところが数日後、北十一条教会から届いた返事は、洗礼台帳に父親の記録はなかったというものだった。

一方、代母はIさんという教会の信徒だということがわかった。しかし一九九七年にすでに帰天されており、幸子さんとの関係は不明。幸子さんの四歳上なので、親しい友人だったと考えることもできるが、頼む人がいなくてたまたま教会にいた信徒に頼んだ可能性もあると言われた。

仏教徒の母親が子供に洗礼を受けさせた理由に思い当たることはあるか、という質問に対しては、何とも言えないという回答だった。

また、ベルさんの弟、ジニヤさんの洗礼記録は見つからなかった。

洗礼台帳に、父親の名がなかった。ということは、幸子さんはシングルマザーとしてベルさんを産んだと考えるのが自然だ。ずっと頭に浮かべてきた、幸子さんと軍服姿の男性が赤ん坊を抱いて教会の階段を上がっていく場面を、打ち消さなければならなかった。

しかしそれならなぜ、仏教徒の幸子さんがベルさんに洗礼を受けさせたのか、謎は深まるばかりだった。

その直後のことだ。わたしは西村健さんの論文「戦後横浜の『混血孤児』問題と聖母愛児園の活動」を読み返していて、前回は気づけなかった重要な記述を見つけた。

西村氏は「横浜の『混血孤児』保護の歴史の上で聖母愛児園と深い関係のある施設が、前章で紹介した厚生省の調査結果に記載がある北海道の天使之園である。同園は聖母愛児園と同じくFMMを母体とする施設で、関東大震災における孤児救済を起源とする歴史を持つ施設であった。同会の記念誌には『混血孤児』の保護について以下のように記している」と述べたあと、次の文を引いている。

戦災被害が比較的少なかった北海道でも、貧困のために親から離された乳幼児が大勢いました。その子たちは北広島天使の園に認可されたばかりの乳児院へ収容されましたが、混血児については、札幌市の要請で札幌天使院の建物の片隅に最初のベビー・ホームがつくられました。やがて、人数の増加で設備の整った建物が必要となり（中略）1949（昭和24）年のクリスマスに新しいベビー・ホームが完成し、40名以上の乳幼児が新しい家に落ち着きました、子どもたちは2歳になると、北広島の天使の園へ移されました。

一九四九年、ベルさんが生まれた年には、札幌市に混血児専用のベビーホームがあった。そして彼らは「2歳になると、北広島の天使の園へ移され」た。天使の園に残っているベルさんの記録には「二歳で入所」とある。

《仏教徒のシングルマザーが生後三か月の娘にカトリックの洗礼を受けさせ、二歳まで手元で育てた後に天使の園に預けた》

よりも、

《ベルさんは生まれて間もなく札幌の天使院［現天使病院］にできたベビーホームに預けられ、そこで洗礼を受けた後、二歳で天使の園に移された》

のほうが、合点がいく。

急いで天使病院に問い合わせ、当時のベビーホームの記録を当たれないか訊ねた。しかし返ってきたのは、昔の記録は一切残っていないという、けんもほろろの回答だった。

ベルさんがベビーホームから天使の園へ来た可能性について、天使の園の畠山さんに訊ねてみると、「十分ありうる」との回答だった。根拠として、ベビーホームから来たと明記がある子供には皆洗礼名がついていること、また、ベルさんの入所に関する児相からの書類には、戸籍謄本にも載っている幸子さんの当時の住所の他に、別の住所があり、調べたところ、当時の天使院の住所だったとのことだった。

このことは、後にFMMのシスターへ行った取材によっても、確定された。シスターによると、当時ベビーホームでは、預かった子供はすぐに洗礼を受けさせたという。カトリックの教えでは、洗礼を受けなければ天国へ行けないからだ。栄養不足や伝染病などで乳幼児の死亡率が高かった戦後の混乱期、赤ん坊にできる限り早く洗礼を受けさせるのは、彼らにとっては当然のことだった。

シスターはまた、こうも言った。

「誰も彼もを受洗させたわけではありません。親がわかっていて、いずれ引き取りに来るという場合は、受けさせませんでした。すぐに洗礼を受けさせたのは、親のない子や、親が引き取りに来ないとわかっていた子です」

ベルさんは生後三か月、ベビーホームに預けられてすぐの受洗だったと思われる。つまり、引き取るつもりのない子供だったということだ。

それならなぜ、幸子さんとミヨさんは、一度ずつだけとはいえ、施設までベルさんに面会に行ったのだろう。そしてなぜ、幸子さんはベルさんに「お利口さんにしてたら迎えに来る」などと言ったのだろう。

ベルさんは、十八歳で施設を退所する際、幸子さんを含め親族の情報はいっさい受け取っていない。正真正銘の「孤児」だった。天使の園の畠山さんによると、「施設に親の情報があれば、必ず子供に通知するはず」とのことなので、やはり幸子さんは、ベルさんを生後三か月の時点で「手放した」のだろう。

ここまででわかったこと。

⑯ベルさんは、生後三か月で札幌の天使院のベビーホームに預けられ、二歳までそこで育てられた後に、天使の園へ入所した。

⑰幸子さんは、ベルさんを引き取るつもりはなかった。

どうやらベルさんは、生まれて間もなくお母さんの元から離されている。ということは、ベルさんの父親と幸子さんとの関係は、ベルさんが思い描いているようなロマンチックなものではなかったのかもしれない。

しかし、前述した米軍の政策によって、二人の関係が深まったところで引き離された可能性も、家族の反対によって別れさせられた可能性もある。

本人が亡くなっている今、この時期の真実を知る手がかりは、堤家の家族しかない。ベルさんの手元にある、彼女が二〇〇一年に祖母ミヨさんに出した手紙の宛先と、除籍謄本にミヨさんの死亡届を出した人として記載されている「親族　K谷信子」の名前だけが頼りだった。K谷信子とは、おそらく幸子さんの姉か妹だろう。

ベルさんの家でそんな話をしていると、ベルさんが「電話をかけてみようか」と言い出した。例の封筒の裏に走り書きされた固定電話の番号は、間違いなく当時のミヨさんの家のものだというのだ。

「K谷信子が住んでるかもしれないでしょ」

確かにそうだ。でも……と、こちらが逡巡《しゅんじゅん》している間に、ベルさんは携帯電話を手に取り本当にかけ始めた。息を呑んでいると、相手が出た気配のあと、ベルさんは「すみません、間違えました」と言って電話を切った。そして顔を上げ、

「女の人が出た」

と言った。

「K谷って、言った？」

「わかんない、よく聞こえなかった」

「信子さんかな」

「うん、絶対にそうだと思う」

わたしは、この信子さんにも手紙を書くことにした。

ベルさんが手紙を未開封で送り返されたとき、ミヨさんはすでにかなりの高齢だったので、あれは信子さんがしたことだったのではないかと、わたしは考えていた。なので、あえてわたしからだけ、出すことにしたのだ。

K谷信子さま
はじめまして。わたしは、岡部えつと申します。友人である堤麗子さんより、肉親探しを依頼され、代理人として調べております。
堤麗子さんは、堤政之助さん、ミヨさん夫妻の次女、幸子さんの長女です。
K谷信子さまのお名前とご住所は、麗子さんが二〇〇七年に取った戸籍・除籍謄本に、ミヨさんの死亡届の届出人として記載されていたことで、知りました。

二〇〇一年の十月に、麗子さんは一度、同じ住所に「堤ミヨ様」宛の手紙を送っています。返信はありましたが、中には手紙の他に、麗子さんが出した封書が未開封のまま入っていたとのことでした。

麗子さんは、一九四九年に、幸子さんと、戦後日本に駐留していた米国人兵士との間に生まれた子供です。十八歳まで、北海道北広島市の児童養護施設で育てられました。

麗子さんには、四歳下に、同じく米国人との間にできた弟がいますが、彼は生後半年あまりで、米国人夫妻に養子に出されています。その翌年、幸子さんは、米国人兵士と結婚しています。

わたしはさまざま手を尽くし、幸子さんを探し出しました。

幸子さんは、結婚したのち米国に渡り、一九九八年に、六十七歳で亡くなっていました。夫は、それより数年前に亡くなっています。

二人には、四人のお子様がいらっしゃいました。女の子が二人、男の子が二人です。そのうち男性二人は、ここ数年の間に相次いで亡くなっています。しかし、女性二人は今もアメリカでご健在でした。

麗子さんは、彼らに手紙を書いて送りました。肉親にひと目会いたい思い、そして、お母さんのお墓参りに行きたいとの思いを綴りました。

先日、彼らから返信が来ました。幸子さんから何も聞かされていなかった二人の姉妹は、時間をかけて話し合い、麗子さんを家族として受け入れると言ってくださいました。まもなく、インターネットを使っての面会が叶いそうです。

彼女たちの話から、幸子さんが素晴らしい家庭を築いていたことがわかりました。また、麗子さんの四歳下の弟も見つかりました。

彼は米国人夫婦の養子となった後、新しい名前をもらって立派な教育を受け、エリート軍人となって出世されています。

麗子さんが今、知りたいと願っているのは、彼女が生まれ、施設に預けられるまでの経緯と、幸子さんのことです。

麗子さんが施設に預けられたあと、幸子さんが麗子さんを訪ねてきたのは、小学三年生か四年生の頃、たった一度だけだそうです。

そのとき麗子さんが「家に連れて帰って欲しい」と頼むと、幸子さんは「お利口さんにしていたら、いつか迎えにきてあげる」と約束しました。しかし、約束は果たされませんでした。

そして、麗子さんが中学生のときに一度、ミヨさんが訪ねてきています。麗子さんが幸子さんについて訊いても、何も話してくれなかったそうです。

以来、麗子さんを訪ねる人はなく、彼女は肉親に会っていません。写真もありません。

幸子さんはなぜ、麗子さんを手放したのか。なぜ、麗子さんの弟を養子に出したのか。なぜ、麗子さんを一度だけ訪ねたのか。なぜ「いつか迎えに来る」と、できない約束をしたのか。そしてなぜ、ミヨさんも一度だけ麗子さんを訪ねたのか。

このような「なぜ」を解くために、わたしたちは今、幸子さんのことを知る人を探しています。

アメリカの家族の様子を知れば知るほど、幸子さんの情愛の深さ、優しさ、温かい人柄に触れることとなり、麗子さんに対してしたこととの間にギャップを感じます。それを、埋めたいのです。

K谷さまが、幸子さんを知る人をご存じなのではないか、あるいは、ご自身が幸子さんについて知っていることがあるのではないかと、一縷《いちる》の望みを持って、この手紙を書いています。

麗子さんは、今年七十三歳になりました。人生の残りを数える年齢に達して、やっと、二人の異父妹たちと繋がることができました。しかしまだ、彼女の心の穴は埋まりません。

麗子さんは、お母さんを恨んでいません。自分自身が今、幸せに暮らしていることに感謝し、この世界に自分を生んでくれたお母さんに感謝しています。

K谷さん、何かご存じではないですか？

あるいは、麗子さんが知りたがっていることを知っている人を、ご存じではないですか？

麗子さんは、教育を受ける時期につらい思いをしたこともあり、読み書きが得意ではありません。Eメールも使えません。代理人であるわたしにご連絡くださると助かりますが、もしも、麗子さん本人にだけ伝えたいということであれば、それでも構いません。

以下に、わたしたちの連絡先を記します。よろしくお願いいたします。


十月十一日にこの手紙を投函してから十日ほど後、わたしの家に、差出人が記されていない一通の封書が郵便で届いた。

中を開けると、便箋が一枚入っていた。


本当にわたしは何も知らない。話すことがなく申し訳ない。わたしも高齢で、コロナ禍を懸命に生きている。病気で寝ている娘との暮らしで、毎日が大変だ。今の生活に波風を立てないでくれ。そっとしておいて欲しい。

十行にも満たない文章に、書いてある内容はこれだけだった。ベルさんに向けた言葉は欠片もない上に、ここにも自分の名前を書いていなかった。

なんとしても関わりたくないという、強固な意志が感じられる手紙だった。つい数日前に、幸子さんの娘さんたちから温かいメッセージを受け取ったばかりだっただけに、その冷たさはひとしお厳しく感じた。特に「波風を立てないでくれ」という物言いには、カチンときた。大人の都合であらゆる困難を引き受けて生きてきたベルさんが、あなたにいったいどんな「波風」を立てているというのだ。

戦後、アメリカ兵と恋愛関係になった女性たちは、多くが偏見にさらされた。米軍兵士相手に売春行為を行っていた女性たちの蔑称「パンパン」で呼ばれることもあった。偏見や差別感情は家族にまで及ぶこともあったから、幸子さんが米兵の子供を産んだことが、信子さんの人生に何かしら影響を与えたのかもしれない。しかし、ベルさんには何の責任もない。一度も顔を合わせたことのないベルさんに情愛が湧かないのはしかたないとしても、迷惑だと言わんばかりの態度をとる道理はないはずだ。

わたしが憤慨する一方、ベルさんは冷静で、「いいよ、もう放っておこう」と言うだけだった。

かつてお母さん探しをしていた頃に、彼女が堤家の親族に対して抱えていた「怒り」は、今はもうない。そういう意味でも、お母さんを見つけ出したことは、大きな意味があったと思う。

「この信子って人も、いろいろ大変だったんじゃない？　お母さんのきょうだいだったとしたら、差別とかされてさ」

ベルさんは、相手に思いやりさえ見せた。

「そうかもしれないけど……。でも、一番大変な思いをしたのは、ベルさんじゃない」

言いながら、そういえば今まで、ベルさんから差別に苦しんだという話を聞いたことがなかったなと思った。お母さんが迎えに来てくれなかった怒りと悲しみ、読み書きができなかった苦労は何度となく聞いてきたが、不思議なことに、混血児であることで差別されて辛かったという話を一度も聞いていない。

「そういうことで差別されたことは、一度もないよ」

ベルさんは、あっさり答えた。

「本当に？　GIベビーたちって、そのことで苦しんできた人が多いんだよ。日本人として扱ってもらえなかったり、敵国の子だからって憎まれたりしてね。この前一緒に見たドキュメンタリーにも、出てきたでしょう？　アイノコとか、お前の母ちゃんパンパンとかって言われていじめられたり、道を歩いていて大人からいきなり唾を吐かれた話」

「ああそれなら、小学生のとき、男の子に言われたよ、アイノコ。あと、パンパンとかパン助も。意味はわからなかったけどね。でも、悪口言われてるのはわかったから、飛びかかって殴ってやったよ。てめえ朝鮮人のクセしやがって！　って言ってね」

「えっ、その男の子は朝鮮人だったの？」

「いや、知らないけどさ、それが悪い言葉だって知ってたから、言ってやったの」

わたしは爆笑してしまった。

「ベルさん、それが差別なんだよ。そっか、ベルさんは、差別されてもそれ以上にやり返してたから、差別でいじめられたって意識がないんだね」

「うん、全然ない。そういえば、施設を出たあと、お風呂屋さんに行くと婆さんたちがみんなジロジロ見るから、頭にきてそのたびに怒鳴って追っ払ってたんだけど、あれも差別なの？」

「そうだよ」

「若い子は絶対しないの。ジロジロ見るのは、オッパイの垂れ下がった婆さんばっかり。だからお風呂屋に行くと、洗い場の両隣の水道のところに洗面器を置いて、誰も座らせないようにしてた。それでも見るから、ジロジロ見るんじゃねえクソババア！　って怒鳴ってやると、こそこそ逃げてったよ」

そう言ってベルさんが痛快そうに笑うので、わたしもお腹を抱えて笑ってしまった。やられたらやり返す。それは、ベルさんが自分の心を守るためにしていたことだと思う。理不尽に傷つけられた傷は、理不尽に傷つけ返すことでその場で癒やす。後に残さない。暴力は決して褒められたことではないが、苦しみを溜め込んで精神を病んでしまったり、怒りを肥大させて反社会的な行動に転移させたりするよりは、ずっとましな気もする。

このように差別に対してはカラッとしているベルさんだが、実感していなくとも、これまでにさまざまな不利益を被ってきたことは間違いない。そしてそのどれも、ベルさん自身に責任のないことだ。

後に幸子さんの父政之助が筆頭者の戸籍謄本を取ったので、今では、K谷信子さんは幸子さんの八歳違いの妹だとわかっている。幸子さんがベルさんを産んだときには十歳、弟のジニヤさんを産んだときには十四歳、幸子さん一家がアメリカへ渡った頃には成人していた。

幸子さんがベルさんとジニヤさんを産み、ルイスさんと結婚した一九四九年から一九五五年当時の、信子さんが浴びたであろう世間の偏見の目を、想像できないわけではない。しかし、あれから七十年近く経っているのだ。何の罪もないベルさんに対し、「波風」とは。あまりに冷たい。わたしはそう思う。

「お金を取られるかもって、心配してるんじゃないかしら」

ベルさんは言った。

なるほど、そういう想像もできる。ミヨさんが亡くなったとき、次女の幸子さんはすでに鬼籍に入っていたので、相続権は彼女の子供たちに移ることになる。ベルさんだけでなく、今回見つかったアメリカのきょうだいたちにもその権利はあったはずだ。

読み書きができなかった頃のベルさんでさえ、人の力を借りて調べ、祖母や叔父の住所を探り当てたのだ。ベルさんの存在を知っていた堤家の人たちが、彼女を探し当てられなかったはずはない。おそらく、はじめから探さなかったのだろう。

熊谷市・家族の痕跡

アメリカのジャネットさんたちとは、変わらず温かな交流が続いていた。と言っても、メールやフェイスブック・メッセンジャーでやりとりをしていたのは、もっぱらわたしだ。読み書きが不得意なベルさんは、このときまだガラケー利用者で、Eメールもフェイスタイムなどの無料通話も使うことができなかった。たとえ使えたとしても、互いに相手の言葉がわからなかった。

しかし、それはわたしにとって幸いだった。おかげで彼女たちに、メールで取材することができたからだ。

その中で、姉のジャネットさんから、彼女が生まれた一九五八年に住んでいた住所を教えてもらうことができた。番地の数字のあとに続くのは、Kagohara, Kumagay《ママ》 Japan。埼玉県熊谷《くまがや》市の籠原《かごはら》のことだろう。わたしは隣の群馬県育ちなので、東京に遊びに行く際に必ず利用した高崎線の駅名にある「籠原」には馴染みがあった。そして胸が躍った。ベルさんは、パパが調べてくれたお母さんの家を訪ねたことがある。そこは、埼玉県だった。もしかしたら、ここなのではないか。

ところが、住所をグーグルマップで調べようとしても、該当する場所が出てこない。町名が変わったのか、番地が変わったのか、それともジャネットさんの手元にある記録が間違っているのか。

わたしは熊谷市役所に、一九五八年にこの住所があったかどうか、問い合わせるメールを出した。

数日後、熊谷市教育委員会市史編さん室の方から、電話をもらった。当時も籠原駅はあったが、「籠原」という地名はない。しかし、その辺りに該当する地域を調べてみると、同じ番地が存在したと言う。

「そこに住んでいた方の、お名前を伺ってもよろしいですか？」

そう問われ、わたしはルイスさんの名字を伝えた。

「……ありませんね」

「名前が載ってるんですか？」

「はい。今、一九六〇年の住宅地図を見ています」

「でしたら、日本人の奥さんの名前は、堤さんと言うんですけど……」

「あっ、あります。堤さん。堤幸子さん」

「わーっ、それですっ、それっ」

大声を上げてしまった。確かに、ベルさんのお母さんの名前があった。幸子さんの家族は、本当にそこにいたのだ。

すぐにメールで送ってもらったその地図の場所をグーグル・ストリートビューで見てみると、一九六〇年にあったお店が数件、今も残っていた。しかし、幸子さん一家が暮らしていた家は、場所の見当はつくのだが、ビルなども建って変わってしまい、はっきり特定することができなかった。

「ベルさん、パパと行ったお母さんの家って、埼玉県の熊谷市じゃなかった？　籠原駅の近くじゃなかった？」

ベルさんに訊いてみたが、
「埼玉しか覚えてない。車で行ったから、駅もわかんないなあ」
という答えだった。

後日、熊谷市教育委員会市史編さん室から荷物が届いた。わたしの調査の内容を知った担当の方が、米軍が関わった熊谷市の新聞記事などを集めて、送ってくれたのだ。いくつか気になったものがあるので、あげておく。

昭和三十（一九五五）年十月六日の朝日新聞より。

【日本婦人との同居を禁止　三尻司令部が米軍人に軍規強化を発令　オンリー締め出しがねらい】

三尻キャンプの米軍司令部は五日、熊谷労管事務所を通じ次のように発表した。
「当司令部は本日、米軍人と日本人との内縁関係の同居生活を禁止する旨、再び軍規強化を発令した。現行軍規は従来も有効だったが更に厳重に励行を命令する。［中略］もし当軍規を犯していると認められれば即時罰せられる。［中略］」

妻以外の日本婦人との同居生活禁止令を強化する米軍のこんどの措置は愛人や婚約者との同居生活まで禁止している。同キャンプの米兵たちは早くからこの措置を通達され「勤務時間外の私生活への干渉であり、憲法違反だ」と憤慨しているという。（熊谷署渉外係談）

この措置は〝婚約者〟という名のオンリー（特定の一人を相手にする売春婦）を締め出す効果をねらったものとされている。熊谷署が発行している婚約証明書（通称、オンリー・パス。これを持っていると〝売春〟と見なされない）は三百六十二通。これがみんな効力を失うわけで混血児を持つ米兵の愛人やオンリー達が、生活上の理由から夜の女になる者も出るといわれ、売春取締りの難しさからみて、こんどの措置が基地をめぐる風紀問題の解決にはあまり役立たないと見る向きが多い。［後略］

三尻キャンプは、現在航空自衛隊熊谷基地が置かれている場所にあった。幸子さんの家からは徒歩圏内だ。また、ジャネットさんが生まれた病院があったという群馬県大泉町にあったキャンプ・ドリューも、幸子さんの家から通勤圏内にあった。

幸子さん夫婦は、この記事が出た一九五五年の三月に結婚している。ジニヤさんを養子に出してからわずか八か月後のことで、戸籍謄本をはじめて見たときから慌ただしさを感じていた。もしかしたらこの通達が、真剣な交際をしていた二人に影響したのかもしれない。

この記事でもう一つ気になったのは、通称「オンリー・パス」なる婚約証明書の存在と、オンリーを「特定の一人を相手にする売春婦」と定義づけ、かつ「これを持っていると〝売春〟と見なされない」と説明していることだ。「オンリー」と呼ばれた女性たちの立場は、世間的にどういうものだったのだろうか。

昭和時代には、まだ「オンリー」という単語を小説や漫画の中で見かける機会があったが、当時を知らないわたしには、そうした文芸作品からはっきりした定義は汲み取れなかった。米兵相手に売春行為をする女性たちの中の、特定の一人を相手にする女が「オンリー」のようにも思えたし、もっと人間的な愛情を伴った関係である〝現地妻〟のことを指すようにも思えた。そしてそれは〝恋人〟とどう違うのか、よくわからなかった。実際にも、曖昧なものだったのかもしれない。

元から「占領者」と「被占領者」という非対等な立場である米兵と日本人女性は、経済的な状況も、愛情のあるなしにかかわらず不均衡からは逃れられなかった。ただでさえ、生まれたときから女性であることで不利な立場に置かれている日本人女性が、自分たちに興味を示す圧倒的強者を前にしたとき、どんな選択をするだろうか。金も明るい未来も、うまくいけば愛情も手に入れられる可能性がそこにあったとしたら、それを無視することなどできるだろうか。

占領軍のキャンプの周囲には、日本全国どこでも、米兵相手の歓楽街が誕生した。破格の高値で酒や娯楽を売りまくって一攫《いっかく》千金を狙う人たちだった。米兵を金づるにしていたのは、女たちばかりではない。

資料の中には、そうした歓楽街の衰退を憂う記事もある。一九五二年にGHQが解体し、翌年には朝鮮戦争が休戦となったため、日本から米軍キャンプが次々と縮小、撤退していった。米兵頼りだった街は、当然大きな影響を受けた。

昭和三十三(一九五八)年一月二十三日発行の朝日新聞には、特集『基地このごろ』の第一回として、三尻キャンプのそうした様子が取り上げられている。

> 一時百余軒もキャンプ前に軒を連ねていたキャバレー、バーも営業を続けているのはたった一軒だけになってしまった。昭和二十九年九月第八騎兵隊が北海道から移住してきて、本格的な基地になってから、千余人の基地の女が居つき、明け暮れジャズがわめいていた基地歓楽街も去年の夏から秋にかけて同連隊が完全撤廃した後化物が出るようなさびれ方である。[後略]

「化物が出るようなさびれ方」とは、凄まじい。熱気に包まれきらびやかに輝き賑わっていた街が、一斉に光を失い、色を失くし、静まり返っていった様子が目に浮かぶようだ。

当時の新聞や雑誌の記事には、米兵相手の女たちを見下す態度がそこはかとなくにじみ出ていることが多い。この記事でも「千余人の基地の女が居つき」という、意味ありげな表現をしている。彼女らの多くの肩にその稼ぎを当てにする家族がのしかかっていたことや、他に選択肢がなかった女性たちの立場について思いを致せば、別の書き方になっていたはずだ。

ところで、記事中の「昭和二十九年九月第八騎兵隊が北海道から移住してきて」が、当時の幸子さんの動きを裏付けるような気がしている。昭和二十九（一九五四）年七月、札幌在住中だった幸子さんは、生後七か月のジニヤさんを米国人に養子に出し、翌年の三月、ルイスさんと結婚しているのだ。

二人の出会いについては、ジャネットさんたちに訊ねても「聞いたことがない」という返事だったので、わからない。しかし二人が基地のあった札幌か千歳で出会い、ルイスさんの転勤に合わせて関東に転居したのは間違いなさそうだ。

そして大事なのは、二人が結婚したのと同じ年、一九五五年の十一月に、ベルさんが北海道の天使の園から横浜の聖母愛児園へ転園しているということだ。

転園は、前述の聖母愛児園の記録からも、当時政府が推し進めていた「混血児の米国への養子縁組」に即したものと考えられるが、同じタイミングで幸子さんが関東圏へ居を移していたのなら、彼女はその間、横浜までベルさんに会いに行ったことがあるのではないだろうか。ベルさんの記憶では、お母さんとの面会は北広島の天使の園でのたった一度きりだが、まだ物心がつかないこの頃に、会っていたのではないか。

わたしがそう考えるのには、理由がある。調査を進めているとき、

「さっき、思い出したことがあるんだけど」

と、ベルさんがわざわざ電話をかけてきて、話してくれた「記憶」があるのだ。

「聖母愛児園にいるとき、夜中にね、女の人がベッドの脇に立っていて、わたしのほっぺたを撫でるの。すごく気味が悪くて、わたし寝たふりをしてた。一回だけじゃないの。何日も続いたの。薄目を開けて見たこともあるんだけど、暗くて相手の顔は見えなかった。でも、女の人だっていうのはわかった。ううん、シスターじゃない。それだけははっきり言える。しばらくしたら、パタッと来なくなった」

養子を希望する人なら、子供が起きている時間に来るはずだ。ベルさんは最後にぽつんと、

「あれ、お母さんだったのかしら」

と言った。

そうだとしたら、結婚という幸福を手にした彼女が、どんな思いで夜、施設に預けたベルさんに会いに行っていたのだろうか。

ここまでで、わかったこと。

⑱幸子さんの家族は、少なくともジャネットさんが生まれた一九五八年から一九六〇年の間は、埼玉県熊谷市に住んでいた。

妹たちとの対面

二〇二二年十月十五日の午前中、わたしはベルさんの家で、ばたばたとパソコンの準備をしていた。

急遽《きゅうきょ》この日の正午に、アメリカとビデオチャットをすることになったのだ。通訳者を用意して、などと言っていたら「今は便利なツールがいくらでもあるから大丈夫。一刻も早く麗子に会いたい」と、アメリカの姉妹から要望があり、慌ててセッティングしたのだった。

東京、ノースカロライナ、カリフォルニア、三か所の時差を考慮して決めた約束の正午、わたしのパソコンに、二人の笑顔が映った。最初に誰が何を言ったのか、覚えていない。とにかくみんな、胸がいっぱいという感じだった。ベルさんも、ときどき声を詰まらせながら一生懸命に自分の思いを伝え、質問を投げかけた。

お母さんはどういう人だったか、どんな生活をしていて、何が好きだったか。姉妹は、その一つ一つに丁寧に答えてくれた。こちらが想像していたとおり、幸子さんは愛情深く家族を愛し、愛された人だった。

赤い色が好きだったことや、よくプールに泳ぎに行っていたことなど、自分との共通点を見つけては、ベルさんは嬉しそうに歓声を上げた。二人は「これで日本に行く理由が見つかった」と言っていた。姉のジャネットさんは日本生まれだったが、赤ん坊のうちにアメリカに渡り、以来、一度も日本に来たことはないのだ。

それは、幸子さんもだった。姉妹が覚えている限り、お母さんは一度も日本に帰ったことはなく、彼女たち自身も日本の親戚を一人も知らないと言った。

しばらくはわたしの拙い英語力を駆使してなんとかやりとりしていたが、やはり限界があり、途中からスマートフォンに入れている翻訳アプリも使ってみた。しかし、コマーシャルのようにスムーズにはいかなかった。日進月歩のＡＩ技術だが、日本語独特の主語を省略した会話は、英訳されたときに話者の意図とは違う表現をしてしまうことがある。逆もまた然りだろう。対話中、文脈的に妙な返答が返ってくることも多々あった。

問題は、そのことに、ベルさんも姉妹たちも気づけないことだった。曲がりなりにも多少英語を学んだわたしは、自分が喋った日本語が英訳されたとき、誤りに気づける。しかし、相手の言語を全く理解していないベルさんと妹たちには、それができない。重要なやりとりは、まだ無理だろう。

それでも、他愛のない単純な会話なら、楽しくやりとりできた。妹たちは、「翻訳機を使えば、フェイスブック・メッセンジャーを使って、日本語で麗子とやりとりできる」と言いだした。ガラケーでもメールを使ったことのないベルさんには、とてつもなく高いハードルだ。それでも妹たちと対話するためなら頑張ると言うので、わたしは後日、自分のお古のiPhoneをベルさんに貸し出すことにした。このセッティングから使い方の特訓まで、それはそれは大変だった。ベルさんも相当頑張ったが、わたしもかなりの労力と時間を使うことになった。

ビデオチャットを終え、ベルさんも妹たちも、「早く直接会いたい」という気持ちが高まった。わたしも、ベルさんを彼女たちに会わせたかったし、お母さんのお墓参りにも連れて行きたかった。しかし、先立つものがなかった。

「これから毎月、一万円ずつ貯金する。生活保護だって、必要なら貯金していいんだって」

ベルさんは言うが、それではいつになるかわからない。わたしにも、さっと渡米できるような余剰のお金はなかった。

そこで考えたのは、クラウドファンディングだった。コロナ禍で雑魚寝が打撃を受けたとき、水島さんが行って成功したのを見ている。クラウドファンディングは、支援金を集めると同時に、プロジェクトを世に広めることもできる。それに、ベルさんの渡米を多くの善意の支援で達成することそのものにも、意味があるように思えた。

「クラウドファンディングっていうので、支援金を募ってみようと思ってるんだ。すでにベルさんのことはネットに書いていて、たくさんの反応をもらっているから、頑張ればうまくいくと思う。戦争に関する話題は夏に注目されるから、来年の終戦記念日前後に資金を集めて、秋くらいにアメリカに行ければいいね」

二人で、そんな話をした。ベルさんの長年の夢が、叶うかもしれない。信じられない気持ちだった。

一方、ジニヤさんからは何の返事もなかった。『Find My GI Father』のテレサさんからは、一年後に返事が来る例もあると聞かされていたので、わたしたちはあきらめずに待つことにした。

通知表

二〇二二年十二月七日、天使の園から、保管されていたベルさんの私物が届いた。すべて学校関係のもので、小学校の通知表と作文があった。

本人が前から言っていたので驚くことではなかったが、通知表の成績は惨憺《さんたん》たるものだった。「ね、言ったとおりでしょ」とベルさんは笑った。しかし、成績以上に酷い先生からの評価コメントに、わたしは笑うことができなかった。

時々自分の席をとび出して歩きまわり困ります。話をきくことができず、ワーク等殆ど他の人のものをみながらやっています。(二年生三学期)

強暴《ママ》性を発揮して男の子ととっくみ合いのけんかをしています。(三年生一学期)

よく発表しますが常に話題から離れてけん当違いの発表が多い様です。基礎の力が

大分劣っていますのでみんなに歩調を合わして行くにはなかなか困難なようです。（三年生二学期）

ところが三年生の三学期だけ、こんなコメントが書かれていた。

だんだんおとなしくなって近頃は殆ど暴れまわったりしませんしおとなしくしています。おそうじや日直の仕事をほんとうによくします。かんしんしてます。

思わず「あら、ベルさん褒められてる」と声を上げ、そこを指し示しながら音読した。するとベルさんは、きっぱり言った。

「わかった。それ、お母さんが来たときだ」

お利口さんにしていたらお母さんが迎えに来てくれると信じて、努力した記憶がベルさんにはあった。一九五八年一月生まれのジャネットさんは、そのとき一歳になったばかりだ。幸子さんが面会に来たのは、このときだったと断定していいと思う。

それを裏づけるかのように、四年生になると評価は元に戻っていた。さらに、この学年だけ一年を通して一つしかコメントがなく、以前より手に負えない感じが滲み出ている。

学習、生活、共に実に幼稚です。生活面でもっともっと直してあげる面があるようです。（四年生一学期）

授業中落ちつきがなく、学習の意欲はみられません。団体行動からはなれることが時々あり、能力的にも多少劣っているようにも思われます。（五年生一学期）

落付きのないことが成績を低下させている原因です。又自分勝手の行動が多いですし人の話をよく聞くという態度に欠けています。学習態度を身につけさせることが大切ですのでその点御指導をよろしくおねがいします。（五年生二学期）

授業中気にくわない事があるとすぐ不平を云ったりします。又忍耐力もありません。長続きをさせるように習慣づけて下さい。（六年生一学期）

我儘《わがまま》、勝手な不平や勝手な行動が多いようです。（六年生二学期）

体格の割合に気が小さく自分の考えを出すことを極度にいやがるということがあります。しっかりとした考えを持つ事とそれを発表する事から学習の力を除々に向上させていくべきだと思います。卒業おめでとう。（六年生三学期）

教師も人間だから、苦手な児童もいるだろう。扱いにくい子供とそうでない子供とを、差別してしまうことだってあるかもしれない。しかしこれらの評価は、そういう一線を越えているように感じる。コメントのいくつかには「それ、こっちから先生に言いたいわ」と思う内容もあった。学校での指導と家庭でのしつけの問題は、永遠のテーマなのかもしれないが、彼女の孤児という立場を知った上でのこの評価だと思うと、釈然としないのだ。

学校の話になると、ベルさんはよく、

「できない子供ができるように教えるのが、学校でしょう」

と、憤る。

後日、ベルさんが夜間中学校でお世話になったF先生にこの成績表を見てもらったときも、

「褒めるべきところだってないはずはない。それを書いてくれればいいのに」

と言っていた。本当に、そのとおりだと思う。

送られてきたものをひと通り見終えると、

「こっちも見て」

と、ベルさんが夜間中学時代の成績表を出してきた。小学校と段違いで、「4」や「5」もある。何より違うのは、先生からのコメントだ［ベルさんは一年の十月から入学し、翌年もう一度一年生から始めているので、三年半分ある］。

堤さんが一年生に入学してくださってクラスが明るくなりましたが、体調をくずし欠席が多くなったのが残念です。〝卒業〟という目標を達成するためにも、無理をしすぎないでください。ゆっくりと気長に続けることがたいせつだと思います。三学期に元気に登校してくるのを楽しみに待っています。（一年生二学期）

三月から元気に登校できるようになったのがなによりです。入学したときの〝初心〟を忘れずに、四月から再スタートしてください。たいへんでも、挫折しないで学校は続けてください。（一年生三学期）

清掃一人でがんばってくれてありがとう。移動教室も楽しく参加でき、いい思い出

が沢山できましたね。三年生を送る会、がんばりました。（一年生・特別活動の記録）

楽しい学校生活を送っていますね。先生たちも堤さんが毎日学校に来てくれるのを楽しみにしています。勉強でなやんでいると必ず「逃げてはいけない」と自分に言い聞かせてがんばっていますね。その気持ちがとっても大切です。一つ一つ積み重ねていきましょう。「継続は力なり」です。夏休みは健康に気をつけて、ゆっくり休んでください。（一年生一学期）

体験発表［前述の全国夜間中学校研究大会における「生徒体験発表」のこと］は立派でした。F先生をはじめ多くの先生方や仲間にはげまされ、最後までよく頑張ったネ！　素晴らしい経験でした。勉強のほうにも成果が感じられる様になりました。（一年生二学期）

一年間よく頑張りましたね。教科によっては前向きな努力が感じられる様になりました。四月からは二年生です。一歩一歩積み重ねていきましょう。（一年生三学期）

一学期七十八日間様々なでき事がありました。雨の日も、寒い日も、そして暑い日も。学校へ行くのがつらい日もありました。でも、逃げずに努力を続けました。夏休みは、少しのんびり勉強してください。そして、秋にはすっきりしたスタートを切りましょう。楽しみにしています。(二年生一学期)

とうとう、交換ノートも三冊目完了。おめでとうございます。二学期は様々な壁にぶつかり、それを乗り越えましたね。「イヤ!」と思われても、自分にとって得をする様に、学校生活が送られました。三学期は〝まとめ〟の時期です。次の学問の山に挑戦しましょう。(二年生二学期)

この一年間の努力はりっぱでしたね。先日の卒業式での送る言葉も輝いていました。参加していた昼の子どもたちにも、とても感動を与えて頂いたと思います。さあ、来年はいよいよ三年生です。小さなことでイライラせず、自分の目標に集中して勉強して下さい。ゆっくり落ち着いて続けていきましょう。ノートで自分の考えをまとめる練習も、ぜひ伸ばしていってください。六冊目のノートが楽しみですね。(二年生三学期)

中学校の九教科は文部科学省で決めています。はば広く色々なことを知って下さい、身に付けて下さいということで、この九教科が選ばれています。今は苦痛な教科や嫌な内容があるかもしれませんが、あとになって好きになったり、やっておいて良かったと思えるものもあるはずです。音楽の「つばさをください」では、とてもいい声ですね、とH先生が言っていました。他の生徒も感心していました。高校のことは焦らないことにしましょう。十一月くらいまでは今の勉強に専念して、少しでもこの新星中学校で力を付けていくことです。夏休みは自分のペースでじっくりと勉強しましょう。掃除や教室にきれいな花を飾ってくれてありがとうございます。（三年生一学期）

二学期の前半は欠席が少し多かったですが、後半は欠席も少なくなり安定してきました。修学旅行は楽しかったようですね。進路のことでは自分を追い詰めないで考えていきましょう。そして、ここなら堤さんが「少しは」やっていけそうだと思えるところを探していきましょう。またいろいろと相談しましょう。文章を書く力がこれから増々伸ばせるといいですね。掃除、連休前に花へ水を入れてくれてありがとうございます。（三年生二学期）

後半、毎日登校しました。この三年半、本当に頑張りました。堤さんの中でとても大きなものになると思います。文章がとてもすらすらと書けるようになりました。字も丁寧に書いているのでとてもきれいです。いろいろな先生を通して、勉強だけでなく、様々なことを経験しましたね。この三年半の新星中学のことを、大切にしてください。黒板の掃除や、花にやる水などありがとう。これからも堤さんの次のステップに向けて進んでいってください。卒業してからも、新星中学校に顔を見せに遊びに来てくださいね。ご卒業おめでとうございます。（三年生三学期）

先生方のコメントは、通知表の記入欄に収まりきらず、多くが欄外にまで書き綴られている。一年で一コメントしかないような年もあった小学校の通知表を読んだ後では、心に来るものの重みが別格だった。

比べるものではないかもしれない。しかし、教育とは何かを考えるとき、ベルさんが経験したこの二種類の学校教育は、それぞれが彼女の人生にもたらした大きな影響を考える点で、並べて見るべきものだと思う。

ここまでで、わかったこと。

⑲幸子さんがベルさんに面会に来たのは、ベルさんが小学三年生の冬休みから三学期にかけてのことだった。

新星中学校

前述したように、ベルさんは水島さんから半ば強制的に文字を学ぶように言われ、ドリルと格闘しているとき、たまたまテレビで夜間中学校が紹介されているのを見て、渋谷区役所に相談に行った。

「勉強するなら今しかないと思った」

もしもドリルを始めていなかったら、同じ番組を見ても、ベルさんはそのような気持ちにならなかっただろう。学習意欲とは、そういうものだ。人生には何度か、重要なタイミングというのがある。

一九九九年の秋、ベルさんは世田谷区立新星中学校二部（夜間部）に入学した。五十歳だった。

昼間は新宿のビジネスホテルで客室清掃員として働き、夕方から学校へ行く日々が始まった。通知表を見てもわかるように、このときの「一年生」では欠席も多く、翌年の四月から、もう一度一年生として始めることになった。

そしてこの年の暮れに「体験発表」をしている。第一章でも紹介した、第四十六回全国夜間中学校研究大会での「生徒体験発表」のことだ。ベルさんはわたしに、自力で作文を書いたのだと言っていたが、通知表のコメントにも出てくる「F先生」に取材したところ、どうも事情は違ったようだった。


堤さんは最初、本当に「あいうえお」も書けませんでした。夜間中学にはいろんな生徒が来ますが、日本人でそんな人ははじめてで、とても驚きました。学習障害の中に、文字を書くことだけができないという症状があるので、もしかしたらそれかしらとも思いました。でも、毎日マンツーマンで教えているうちに、彼女はだんだんと文字を覚えていったんです。「生徒体験発表」のことは、よく覚えています。堤さんに文字を教える合間に、いつしか身の上話を聞くようになりました。これは大変な人生を送ってきた人だ、夜間中学校研究大会で発表すべきだと、強く思いました。

発表会は二回目の一年生の二学期の終わりで、堤さんにはまだ、作文を書くほどの力はありませんでした。ですから、わたしが聞き書きの形で、彼女の人生を作文にしていきました。なので原稿が出来上がっても、堤さんはまだそれをすらすらと読む力もありませんでした。なので録音をして、それを何度も聞くことで覚えてもらいました。

原稿は、他の先生方からチェックを受けました。中には、児童養護施設での虐待のエピソードや、ストリッパーだったことなどは、削除すべきだとおっしゃる先生もいらっしゃいました。教育の場で発表するにはふさわしくない、というような理由だったと思います。

削除しようかしまいか悩んでいたわたしの背中を押してくれたのは、堤さんの古い友人である、水島さんの言葉です。

「F先生、これがベルの人生なんですから、すべて発表させるべきです。こうした経験を聞くことこそが、教育ではありませんか」

あれは本当に嬉しかった。まさに、そのとおりですものね。

そうして、堤さんは発表会に臨みました。

発表が終わったとき、最前列にいた三人の男の先生方が、一斉に立ち上がりました。堤さんを守ろうとしたのだと思います。内容から、野次などがあるかもしれないと、心配なさったのでしょう。

しかし、会場は拍手喝采でした。泣いている人もいました。

＊＊＊

『夢にむかって』

東京・新星中学校　堤　麗子

［以下、二〇〇〇年度第四十六回全国夜間中学校研究大会大会記録誌より、ベルさんの「生徒体験発表」を抜粋して転載する。後の取材などで判明した事実とは異なる部分には、注釈を入れる］

私は、五十一才です。物心ついたときには、横浜の、サンダース・ホームという、こ児院に、あずけられて、いました［実際は、聖母愛児園］。母も父も、いませんでした。

子供たちは、皆、私と同じように、ハーフでした。先生は、キリスト教の信者で、シスターが、子供たちの世話をしてくれました。

サンダース・ホームで、いやな思い出があります。五才ごろのことです。

水曜、土曜は、お風呂の日でした。私はお風呂が、きらいでした。いつものように、私がお風呂に入っていると、私がきらいなシスターが、私の顔をじっと見て、湯船の中に、私の頭を、ぐうっと、おさえつけました。私は、お湯の中に、もぐってしまって、息ができなくて、もう苦しくて、こわくてぐったりと、なりました。

園長先生が、びっくりして、私を、だきかかえて、急いで病院に連れていってくれました。

お医者さんは、

「あと、十分おそかったら、この子は、死んでいたよ」

といいました。その時園長先生は、わたしをぐっとだきしめて、

「ごめんね、ごめんね」

と、いいました。わたしはその時、

「殺してくれえ」

といったら、園長先生は、

「本当に悪かったね。あなたは、大事な宝物ですよ」

といってくれました。

でも、この時のこわさは、わたしの心に強く残って、それからは、大人を信じられなくなりました。

小学校の入学式のとき、私は、とてもこわくて、暗い気持ちで、下を向いていたら、園長先生が、

「悪い先生ばかりじゃないよ。いい先生もいるのよ」

と、いったので、少し安心しました。

でも、学校は、ぜんぜん楽しくなかったです。何もわからないし、窓の外を、ながめてばかりいて、ときには、一人で、グラウンドで、あそんでいました。

二年生になって、父兄会がありました。友だちには、お母さんがいて、楽しそうでした。それをみて、

「どうして私には、お母さんがいないの」

と、園長先生に聞いたら、

「今は、事情があって言えない。でも、あなたのお母さんは、名前も、生年月日も、出生届も、ちゃんと、してくれたのよ。あなたより、もっと不幸な人もいるのよ。毛布に包まれて、置いていかれた子もいて、その子たちには、名前も、先生がつけたのよ」

と、話してくれました。そのころは、母を、うらむ気持ちは、まだありませんでした。

小学三年生になって［実際は、二年生の四月］、北海道の天使の園にうつりました。そこは、横浜とちがっていろいろな事情の子が、いました。浜本先生という、きれいで、やさしい先生がいて、私に、カタカナとひらがなを教えてくれました。大好きな先生で、忘れません。

学校には、毎日いったけれど、あまり、勉強はしなかったです。何をやってもどうでもいい、という感じでした。

天使の園に、母が、はじめて面会にきました。八才のときです［実際は九歳］。とつぜん、園

長先生に、

「お母さんよ」

と、いわれました。その女の人は、着物を着て、背が高くて、きれいで、たしか弟をだいていました［ベルさんはわたしには「赤ちゃんにはベールが掛けられていて、顔を見ていない。それが自分のきょうだいかもしれないという発想もなく、お母さんに尋ねもしなかった」と言っている。「パパ」が取ってくれた戸籍謄本から弟がいたと知り「弟を抱いていた」と記憶がすり替わったようだ。実際は、この赤ん坊は妹のジャネットさんだった］。私は、じっと相手の顔を見て、

「この人が、お母さんか」

と思って、

「お母さん？」

と聞いたら、

「そうよ」

と答えました。

とつぜんのことで、生まれてはじめて母に会ったわけで、あぜんとした感じで私は涙も出なかったけれど、

「お母さんと、一緒に住みたいな」

と口に出していったら、母が、

「お利口さんにしてたら、むかえに来るから」

といいました。その言葉を信じて、天使の園で暮らして、待ちました。けれどもこの出会いが、最初で、最後でした。

それ以来、母とはぜんぜん会っていません。

四年生から六年生まで、受け持ちの先生は、勉強のできる子とできない子を、はっきり差別しました。

「なんで、私たちを差別するの」

と、聞いたら、先生は、

「あんたたちは、できないから」

と言いました。私は、

「それなら、わかるように教えてくれればいいじゃないか」

というと、先生は、

「むだだ」

と、いったのです。腹が煮えくり返りました。

「自分たちは、この世に必要じゃないんだ。生まれてこなければよかった」

と、思いました。

それからは、もっと勉強する気持ちがなくなって、ふてくされてしまいました。

六年生になったある日、先生が、

「しょう来の夢を書きなさい」

と、いいました。私は、手を上げて、

「スチュワーデスになりたい」

といいました。そしたら先生は、

「堤さんは、なれないよ」

と答えました。

今までの怒りが爆発して、私は、先生の顔をたたきました。先生も負けずに、「生意気だ」

といって、わたしの顔をたたきました。

そのとき、心の中で、何度も何度も、

「私の人生をめちゃくちゃにしたのはお母さんだ」

と、母をうらみました。

小学校の卒業が近づいたころ、天使の園の先生が、

「知恵遅れの子が行く中学へいきなさい」

と、いいました。

「じょうだんじゃない。普通の学校へいきたい」

といったら、

「できないんだから、だめだ」

といわれました。

でも、私は納得できなかったから、中学には行きませんでした。卒業証書も、ありません。

中学に行かないで、何をしていたかというと、しせつの中で、調理場を受け持ちました。朝・昼・晩と、三回食事を作りました。この仕事は、いやではなかったです。今思うと、しせつの先生は、しょう来のことを考えて、私に、調理ができるようにしてくれたのだと思います。

中学三年の冬、おばあちゃんが面会にきました。

「だれ」

と、聞いたら、

「おばあちゃんだよ」

といいました。

おばあちゃんがいるなんて、ぜんぜん知りませんでした。母のことをきくと、

「今は、いえない」

といいました。

「何が欲しい」

ときくので、

「セーターが欲しい」

と、答えました。後になって、「お母さんの写真が欲しい」と、言えば良かった、と思いました。

十八才になると、しせつは出なければなりません。はじめは病院のまかないの仕事につきました。そこを、二年くらいでやめて、三畳一間のアパートを借りて、昼は皿洗い、夜は、ホステスをして、生活をしました。

夜のショーを見ていて、

「私も、踊りたいな」

と、思って、知り合いのプロダクションの人に頼んで、ダンサーになりました。二十四才でした。

はじめ、網走の映画館で、踊るようにいわれ、行ってみると、すぐに「ぬげ！」「おどれ！」といわれて、驚きました。

そこではらをきめて、

「ギャラを先にくれないと踊らない」

と、がんばりました。

古い、映画館には、お客がいっぱいいて、「早くしろ」と、どなっています。でも、私は、がんばってでていかなかった。

「十万円あげるから踊れ」

といわれたけれど、

「先にお金をくれなきゃ踊らない」

とまたがんばって、現金十万円をもらいました。

私は、そのお金を取られないように、かつらの中に入れて踊りました［実際は、前章に書いたとおり別の場所に隠した］。

ストリップは、三十三才まで［わたしには三十五、六歳までと言っていた］約十年間全国を回って、続けました。

お金は、ものすごく良かったし、たくさん遊んだし、楽しかったです。

でも、いつまでもできないし、なんだか空しくなってきました。

ずい分迷ったけれど、思いきって、スパッと、ストリップをやめました。

そのあとは、銀座のクラブに勤めました。

三十五才になって、夜の仕事はやめて、昼の仕事をさがしていたころ、きっさ店で［実際は、地下鉄新宿三丁目駅の改札］、男の人［「パパ」のこと］と知りあって、つきあうようになりました。初対面は、私のタイプでは、なかったけれど、目が、とてもかわいくて、すてきだし、心も、おおらかで、私をつつんでくれるように、感じました。

「この人なら、私の過去のことを相談してみようかな」

と、思って、話してみました。

「実は、母親を探しているの」

彼は、すぐ区役所へいって、こせきとうほんをとって、調べてくれました。そして母の、兄弟の所へ連れていってくれて、会いました。とつぜん会いに行ったので、みんな困ったようすでした。だれも、母の居所を知りませんでした。

そこで、昔母が住んでいた群馬［実際は埼玉県熊谷市］へ行ってみると、大家さんがいて、

「アメリカ人と結婚して、子供を連れて、アメリカに渡った」

と教えてくれました。

それ以上は、わかりませんでした。

「母は、幸せになれたのかな。妹や弟が［なぜこのとき「妹」が頭に浮かんだのかは不明］私みた

いに、しせつに入れられているかな」

と、いろいろ考えました。

かれとは、五年半つきあって［わたしが聞いている話では二、三年］、ある日とつぜん、交通事故で、亡くなってしまったのです。わたしは四十才でした。

これまでの人生で、あんな悲しい思いをしたことはありません。ならくの底に、つき落とされたようで、さびしくて、つらくて、いっそ死んでしまおうと思いました。

かれは、自分のことより、私のことを、本当に親身になって考えてくれました。あんなに、私を大切にしてくれた人は、生まれてはじめてでした。あんなにいい人はいません。

彼のおかげで、私の人生かんは、大きく変わりました。

子供の時から、人は誰も信じられなかったのに、人を信じること、愛することができたし、人から、愛される喜びも知りました。彼のおかげで、やっと人間が好きになりました。今でも、大好きな人です。

新星中学に入ったきっかけは、おととし、なにげなくＮＨＫを見ていたんです。夜間中学のことをやってました。障害者の夫婦ががんばって勉強しているようすをみて、

「あっ、今だ。学校へ行かなくちゃ」

と思って、区役所に電話をしました。

去年の十月に入学しました。でも勉強が理解できなくて、二か月休んで、ことし、四月から、やり直しました。

四月からは、休まず学校にきて、努力をしています。先生たちは、親身になって、教えてくれます。移動教室やえんそくも、楽しいし、いい友達にも会えました。毎日が充実しています。

昼間働いて、夜、学校へ行くのは、大変なことです。でも、自分だけじゃない。みんながんばっているから、私も、精一ぱいがんばりたいです。

一番勉強したいのは、国語と数学です。字がすらすら読めるように、なりたいです。今まで、字が読めなくて、困ったことがたくさんありました。

アパートを借りるとき、けいやく書が読めません。区役所や銀行へいっても、何をどうしていいかわからなくて、窓口の人に、冷たくされます。友達から手紙がきても、返事が書けません。なやんでなやんで、苦しみました。字が読めるようになったら、もっと世界が大きく変わるでしょう。そして、人との会話もうまくできるといいです。

若い時は、何でも人のせいにして、うらんできたけれど、このごろは、人のせいじゃない、自分でがんばれば、夢は、かなうと思います。

母には、すてきな名前と、けんこうな体をもらったことを、感謝しています。母には、母の事情があったんだ、と、今は思えます。

今、私の夢は、二つあります。一つは、なんとかして、母を、さがすことです。母は、元気で、いきているのか、幸せになっているのか、知りたいです。また、父や弟や妹にも、会いたいです。そして、家族みんなで、つもりつもった胸の内をたくさん話したいです。

もう一つの夢は、中学校を卒業して、高校にいくことです。

子供の時は、何でも投げやりで、自分は、だめだ、だめだ、と思いこんでいました。今は、やる気がいっぱいです。勉強が、こんなに楽しいとは、思わなかったです。

これからも、いろいろなことが、あるでしょう。人は、一人では、いきていけません。みんなの助けがあるから、生きていけます。

私も、みんなに力をもらって、夢に向かって、進みたいです。あきらめず、自分を信じて、がんばろうと、思います。

＊＊＊

この発表会の翌年の秋、ベルさんはF先生とエリザベス・サンダース・ホームを訪ねている。

わたしはてっきりF先生が、ベルさんの「横浜の孤児院にいた」という話からエリザベス・サンダース・ホームだろうと推測し、発表会の原稿にもそう書き、翌年ベルさんのお母さんを探すために、一緒にそこを訪れたのだと思っていた。ベルさんの話し振りも、そんな感じだったのだ。

しかし、F先生への取材で、実際は少々違うことがわかった。

まず、エリザベス・サンダース・ホームの名は、ベルさん本人の口から出ていたものだったという。誰かから「戦後の混血孤児ならエリザベス・サンダース・ホームにいたんだろう」と言われたベルさんが、そのまま先生に伝えたのかもしれない。

先にも書いたが、わたしもベルさんがGIベビーだと確信するまでに、時間がかかった。その間、彼女に「もしかして、GIベビーじゃない？　誰かから、お父さんがアメリカ兵だったって、聞いたことない？」と、何度かベルさんに訊いたことがある。答えはいつも「さあねえ」と曖昧だった。

考えてみれば、児童養護施設でも、小学校でも、誰もベルさんに「あなたは戦後の占領期に日本人女性と米兵との間に生まれた子供だ」と教えてはいない。施設の台帳には「父／アメリカ／白」とあるだけだ。

わたしにしても、GIベビーについて学校で学んだ記憶はない。たまたま関わったり興味を持ったりして手にした、本やテレビや映画によってその存在や社会問題を知ったに過ぎない。触れる機会がなければ、一生知らずにいるだろう。

ベルさんはまさに、そういう人たちの一人だった。当事者でありながら、自分の出自について詳しく知ることがないまま、大人になってしまったのだ。

F先生によると、二年生になっていたベルさんがある日「お母さんのことを調べるために、エリザベス・サンダース・ホームに行く」と先生に話したそうだ。先生は、まだ文字もろくに読めない彼女が、たった一人で電車を乗り継ぎそんな遠方まで行けなかろうと、心配して同行を申し出た。

わたしもつい忘れてしまうが、ベルさんはストリッパー時代、一人で全国の小屋を回っている。交通機関の切符は事務所が手配してくれたのかもしれないが［当時は当然ICカードなどなく、行き先までの切符を購入しなければならなかった］、道中は一人だ。どうしていたのか不思議で一度訊ねると、「そんなのは、人に訊けばどうにでもなるでしょ」と返ってきた。確かにそうだ。しかし、文字が読めていつでもどこでも文字を頼っているわたしたちは、そうでない人が見知らぬ街までたどり着くのは容易なことではないと考えてしまう。

ベルさんによれば、エリザベス・サンダース・ホームにベルさんの記録がなかったので、聖母愛児園だろうと言われ、その足で横浜に向かったことになっている。しかしF先生は、聖母愛児園のことは覚えていないと言う。別の日に、ベルさん一人で訪ねたのかもしれない。

また、同時期にベルさんが祖母ミヨさん宛に手紙を出したことについても、わたしの予想とは違い、F先生が住所を調べたり手紙を書く手伝いをしたのではなかった。とすると、パパが調べ、書き残しておいてくれたのだろうか。ベルさんにはまったく記憶がなく、今も謎のままだ。

取材の中で、F先生は、ベルさんを放っておけなかった理由を、もう一つ話してくれた。それは先生のお姉さんが、幸子さんのようにアメリカの軍人と結婚し、渡米した人だったということだ。

「当時はね、わたしは姉を恥じていたんです。相手は軍医だったのですが、人には、姉は医者と結婚したとだけ言っていました。わたしの中に、差別意識があったということです」

小さな声で、しかしはっきりと、F先生は言った。

わたしは、当時の女性たちについて調べている中で率直に感じたことを、先生にぶつけてみた。

「先生、あの頃の若い女性たちにとって、アメリカは、自分を新しい世界に連れて行ってくれる希望だったんじゃないでしょうか。もしもわたしがあの時代に二十代だったら、民主主義に変わっても女を虐げ続ける日本に失望して、そうでない世界で生きたいと願ったと思います。占領期、その世界が目の前にあったわけでしょう。どん底の日本の中で、アメリカ兵と関わりを持つことは、特権を得ることでもあったと思います。あのときアメリカ兵と結婚することは、〝力〟と〝夢〟を同時に手に入れることだったんじゃないでしょうか。わたしが戦争花嫁だったとしたら、侮蔑されようが差別されようが、ざまあみろって言いながら大威張りで日本を後にした気がするんです」

「もちろん、そういう面はあったでしょう。わたしの姉も大きな希望を抱いて、胸を張ってアメリカに渡ったと思います」

先生はその後、アメリカのお姉さんの家を訪ねてもいて、そのときの楽しい思い出も少し語ってくれた。わだかまりはいつの間にか解け、ベルさんという生徒と向き合ったとき、別の形となって先生を突き動かしたのかもしれない。不思議な縁だと思う。

DNAテスト

ベルさんは、もともと「お母さんと弟を探したい」と言っていて、父親についてはあまり興味を持っていなかった。一度会った母と戸籍謄本に並んで記述されている弟への思いと、名前もわからない父へのそれには、大きな落差があったのだ。

探そうと思えば、手立ては見つかっていた。ＤＮＡテストだ。ジニヤさんを探すときにお世話になった『Find My GI Father』からそう言われ、ベルさんも承知していた。ただその時点では、いくつかの理由から「いずれできれば」というところで話は終わっていた。まずＤＮＡテストには、生活保護受給者のベルさんにとって高額の費用がかかる。その負担に見合うほどの熱意が、父親に対してはなかった。また、わたしにも理由があった。『Find My GI Father』が推奨している『Ancestry』は、日本から直接テストキットを送れないらしく、送付の手段を調べなければならなかった。そして、今はアメリカの妹たちとのやりとりやお母さんについての調査、取材が忙しく、それに割ける時間がなかったことだ。

ところが、ひょんなことからＤＮＡテストを受けることになった。

ベルさんと「とりあえず、ＤＮＡのことはあとで考えよう」と話していたそのタイミングで、あるテレビ局からドキュメンタリー撮影のオファーが舞い込んできた。わたしがベルさんについて書いたツイッター（当時）投稿やｎｏｔｅ記事を読んだというディレクターから、聖母愛児園の工藤さんを通じて連絡があったのだ。彼女はすでにＧＩベビーをテーマにしたドキュメンタリーを一本作っており、わたしは偶然それを視聴していた。ディレクターは、まずはわたしに会いたいとのことだったので、二人だけで会った。彼女は開口一番「岡部さんの調査能力に感嘆した」とわたしを褒めたあと、現時点で番組制作が決まっているわけではないが、GIベビーについての番組を作りたいと考えており、わたしの調査についても描きたいというようなことを言った。その熱意に共感できたのはもちろん、わたしには、テレビで取り上げられることは執筆中のこの本を世間に知ってもらういい機会にもなるという思惑もあり、ベルさんさえよければと、承諾した。

ベルさんは、

「えっちゃんの本の役に立つなら出るよ。それに、テレビに撮ってもらうのは嬉しい」

と言ってくれた。

ディレクターとベルさんの初顔合わせのとき、現状をひととおり話すと、ディレクターが「こちらで費用を出しますので、DNAテストを受けませんか。以前にやった経験があり、アメリカの現地スタッフを経由して送付する方法を持っています」と申し出てくれた。もちろん、DNA採取の様子や結果を見る場面などを撮影する条件付きだ。ベルさんは俄《が》然《ぜん》、テストを受ける気持ちになり、お願いすることにした。

取り寄せてもらった『Ancestry』のテストキットにベルさんの唾液を採取してからおよそ一か月後、十一月初旬にテストの結果が出た。

きれいに半分、ベルさんのルーツは日本人で、残りの半分はヨーロッパ各地に分散していた。一番比率が高かったのは、「イングランド&北西ヨーロッパ」の二一%だ。それを見ながら、わたしが受けたらつまらない分布になるだろうなと思った。移民の国アメリカで、DNAテストが大流行している理由がよくわかる。

『Ancestry』のアカウントは、同時に『Find My GI Father』のテレサさんとキャサリンさんにも共有されていた。彼女たちは、数日後には「この兄弟のどちらかが、麗子さんのお父さんだと思われます」という報告を上げてくれた。

何かの記念日やお祝いにかこつけて、DNAテストキットを贈ることもあるというくらい、アメリカ人はこぞってこのテストを受けている。その中には、ベルさんの父親の血筋の人たちもたくさんいた。本人がテストを受けていなくても、血縁者の誰かが受け、「まだ見ぬ親類」と繋がるためにDNAのマッチ結果を得ようと試みれば、それが糸口となるわけだ。そのおかげで、昔に見逃された重大犯罪の真犯人が見つかったというドキュメンタリーを見たことがある。

ドナルドとハロルドという兄弟の写真が、キャサリンさんから送られてきた。ジニヤさんのときと同様、彼らの新聞記事などの記録も送られてきた。二人とも、すでにこの世にいない。ともに第二次世界大戦と朝鮮戦争に従軍している記録があるので、一九四八年に日本に駐留していた可能性があるとのこと。

『Ancestry』のサイトを見ると、彼女たちが地道に家系図を作っていき、そこからこの兄弟にたどり着いたことがわかって、頭が下がった。

さらに半月後、兄弟についてわかったことをレポートにまとめたものが送られてきた。軍を除隊後、兄のドナルドはスペインで語学教師、弟のハロルドは地元インディアナ州でレストラン経営をしていた。兄弟の父親は弁護士で、ドナルドの孫も弁護士、ハロルドの息子は現役の判事であることもわかった。兄弟それぞれに一人ずついる息子たちの、住所も調べてくれてあった。ドナルドの息子はベルさんの三歳年上、ハロルドの息子は二歳上で、どちらも健在だ。ベルさんには、兄がいたのだ。

もしも彼らに出すならと、手紙についてのアドバイスも添えられていた。あとは、ベルさんがどうしたいかだ。

その前に、レポートの内容を説明するのがひと仕事だったことを、記しておきたい。単純に和訳したものを渡しても、ベルさんには理解ができない。一生懸命に工夫して噛み砕いて説明し、「わかった」と返事をもらえたとしても、次に会ったとき、まったく理解されていなかったことを思い知らされ、また一から同じ説明をしなければならない。お母さん探しが始まって以来、何度も繰り返されたこの不毛なやりとりに、わたしはややうんざりしていた。

「ベルさん、同じことを何度も説明するのって、結構しんどいの。ベルさんは字が書けるんだから、大事なことはノートに書き留めて、何度も読み返して覚えてくれると嬉しいな」

そう提案したのは、いつまでもドナルドとハロルドの名前を覚えてくれず、彼らについて話す必要があるたびに、名前と、どちらが兄で弟かと、二つの写真のどちらがどちらかかを、説明しなければならないことに疲れてしまったからだった。

ベルさんは、メモを取ってくれるようになった。書いて覚えられたことが嬉しいと、喜んでもくれた。

書くことは、思考の整理になる。読み返すことは、理解の助けになる。ベルさんがそれに気づいてくれたことは、わたしにとっても大きな喜びだった。


「ベルさん、どうしたい？」

訊いても、ベルさんはやはり、あまり積極的にはならなかった。アメリカの妹たちとフェイスブック・メッセンジャーでやりとりをするため、スマートフォンの猛特訓中だったこともあるだろう。

もう一つ、理由がある。それは、ドナルドもハロルドも、息子たちが幼い頃に離婚しており、親子関係がどうだったのかわからないことだ。特にドナルドは、幸子さんの妊娠、出産時には既婚者だったことがわかっている。彼が父親だとしたら、なかなか複雑だ。

『Find My GI Father』の二人も、

「兄弟の息子たちのどちらか一人でもDNAテストを受けてくれれば、麗子さんの父親は特定できる。そこで、いきなり〝麗子はあなたの異母妹かもしれません〟と告げるのではなく、〝肉親探しをしている麗子が、あなたの家系の人と近い関係であることがわかったので、もしよければ調査に協力してほしい。協力してくださるならDNAテストキットを提供します〟と、提案するのがよいと思う。そうして父親が判明してから、あらためて異母兄に自分が妹であることを連絡するとよい」

と、アドバイスをくれていた。もしも異母兄やその子供たちとの対面に成功したいなら、慎重に進めたほうがいいということだ。

ベルさんは少し考え、

「えっちゃんも忙しいだろうし、お父さんのことは急いでないから、今はいいわ。もうちょっとして、他のことが落ち着いたらでいい」

と言った。

この数か月は、ベルさんにしたら、数十年分の時間が凝縮されていっぺんに流れているような感覚だっただろう。わたしでさえ、あまりに目まぐるしくて、頭が追いついていないところがあった。

二人の意見が一致して、お父さんのことは後回しにすることにした。

嵐のようだった二〇二二年が、もうすぐ終わろうとしていた。来年は、どんなことが起こるのだろう。アメリカに行ければいいけれど、クラウドファンディングがどうなるか、ベルさんの本がどうなるか、まだ何も見えていなかった。

そして相変わらず、ジニヤさんからの返事はなかった。

＊1　『GI Trace』http://gitrace.org

＊2　『Find My GI Father』https://www.facebook.com/groups/FindMyGIFather

＊3　『Ancestry』米国のオンライン家系図データベース。DNA検査を基に、クライアントのルーツや親類の調査、マッチングのサービスを提供している。

＊4　『宣誓供述書』米国において、裁判証拠として使用される供述書。内容に虚偽があった場合は罰則を受ける

第三章　母

籠原

二〇二三年一月七日、わたしは高崎線《たかさき》に乗って埼玉県に向かっていた。この日、熊谷《くまがや》『シネティアラ21』で上映されるドキュメンタリー映画『Ｙｏｋｏｓｕｋａ　１９５３』のトークショーに、ゲストとして呼んでもらっていたのだ。

『Ｙｏｋｏｓｕｋａ　１９５３』は、養子となってアメリカに渡ったＧＩベビーの、母親探しを追った作品だ。主人公のバーバラさんは、日本人の母親とアメリカ兵の父親との間に生まれ、養子縁組された五歳までは、横須賀で母親と一緒に暮らしていた。お母さんの顔も日本語も忘れてしまった彼女は、ＳＮＳを使い、自分の日本名と同じ名字の日本人に宛てて「母を知らないか」とメッセージを送った。その中の一人が、この映画の監督木川剛志《きがわつよし》さんだった。大学教授で戦災孤児についての研究もしていた木川さんは、彼女の母親探しを手伝うことに決め、同時にカメラを回した。

わたしはこのドキュメンタリー映画のことを、前年の十月、ジニヤさんと異父妹たちにどうアプローチしようかと考えていた頃に知った。ＳＮＳで木川さんと繋がると、彼もわたしのベルさんに関するｎｏｔｅの記事を読んでくれ、東京で行われる試写会の案内を送ってくださったので、そこでお会いすることができた。翌月の十一月には全国劇場公開が始まり、皮切りの新宿『K's cinema』には、ベルさんと共に観に行った。ベルさんは、映画の冒頭、居酒屋で木川さんがバーバラさんとの出会いについて語るシーンから、おいおい泣いていた。

今回の熊谷での上映会も、一応ベルさんに声をかけていた。隣駅が籠原だったからだ。かつて幸子さんと彼女の家族が暮らしていたその街を、わたしはもちろん訪ねるつもりだった。ついでに航空自衛隊基地にも行きたいと思っていた。占領時に前章で引用した朝日新聞の記事にある『三尻キャンプ』（『U.S. ARMY CAMP WHITTINGTON』）だった場所だ。幸子さんの夫、ルイスさんの勤務地だった可能性が高い。幸子さんの家があった場所からそこまでは、グーグルマップによると徒歩三十分ほどだった。

ところがベルさんは「脚の調子が悪いから」と断ってきた。残念に思っていたところ、木川さんが同行してくれることになった。彼の和歌山大学観光学部での専門は都市計画で、空襲から復興した街も研究されているのだが、籠原を含む熊谷市は、日本で最後に空襲を受けた街なのだ。

わたしも木川さんも、籠原駅で降りるのははじめてのことだった。改札を出て、幸子さんの家があった北側の出口から街を見た第一印象は「殺風景」。駅前にはロータリーがあるが、中は空き地のように何もなく、周辺も低い建物がポツポツとあるだけで閑散《かんさん》としていた。

わたしの手には、熊谷市教育委員会市史編さん室から送ってもらった、一九六〇年の住宅地図があった。予めグーグルマップとストリートビューでも調べてあり、だいたいの場所の見当はついていている。幸子さんの家があった場所までは、駅から大通りを西方向へ歩いてほんの数分で、当時のまま残っているお店も一軒確認済みなので、すぐにわかるだろうと思っていた。しかし実際そこへ降り立ってみると、付近の様子は想像以上に地図とは変わっており、目的の場所をはっきり「ここ」と特定し難かった。

いったん駅まで戻ってみると、近くに古そうなビジネスホテルがあったので入ってみた。応対してくれたホテルの経営者に事情を話して地図を見せると、すぐに一点を指差して「このAさんのお宅は、今もありますよ」と教えてくれた。なんとわたしが、幸子さん一家の大家さんの家だろうと、目星をつけていた家だった。

さっそく向かってみると、大通り沿いのAさんの家の玄関前には、エンジンがかかったままの原付バイクが駐車されていた。その手前に、庭へ続くと見られる路地があった。一九六〇年の地図に重ねると、幸子さんの家は、その庭の一角にあったことになる。庭の向こうはＪＲの線路だ。わたしたちは、路地を進んだ。敷地の奥に、人の気配がない古びた二階建ての建物が見えた。地図にある幸子さんの家とは位置が違うので、ベルさんが訪ねたときにはまだ残っていたという幸子さんの家は、すでに取り壊されたのだろう。ベルさんの記憶では、その家は平屋だった。

路地と庭の境は曖昧だった。これ以上踏み込むと庭に入ってしまうかな、というところで、どこからか犬がけたたましく吠えだしたので、わたしたちは大通りまで引き返した。

家の前には、まだ原付バイクが停まったままだった。玄関の引き戸が半分開いていたので、そっと中を覗いてみる。かつて商売をしていた家らしく、広くとられた三和土《たたき》が見えた。そこに立ってこちらに背中を向けている女性が、原付バイクの持ち主と思われた。彼女の向こうにある上がり框《がまち》に、八十代と思しき女性が座っていた。この家の主、Ａさんだろう。ベルさんとパパに幸子さん一家の話をしてくれた大家さんの、奥さんかもしれない。

彼女がこちらに気づき、目が合ったので「すみません」と声をかけた。原付バイクの主も振り返った。Ａさんよりは若そうだったが、七十代以上には見えた。

「すみません、ちょっと伺いたいことがあるのですが、よろしいですか」

はい、と返事をしてくれたのがどちらの女性だったのか、覚えていない。

わたしは、一九五〇年代から六〇年頃にかけてこの辺りに住んでいた、米兵と日本人女性の夫婦の家を探している、と説明した。およそ三十年前、ベルさんとパパが大家の男性から受けたような、協力的な対応を期待していた。しかしAさんは表情を固くし、

「わたしは何も知りませんよ」

と冷たく言い放った。

「堤幸子さんというんですが、覚えがないですか」

食い下がってみると、

「ああ、さっちゃんね」

思いがけないことに、そう言ったのはバイクの女性のほうだった。視線はこちらにはなく、ひとり言のように言ったのだ。

「ご存じなんですか」

つい、声量が上がる。

「さっちゃんね、覚えてる。一度来た。真っ白な車に乗っててね。そこに停めて、さあっと降りてきてね、すごい美人だった」

つぶやくようにそう言いながら、彼女は体をゆっくり回し、玄関口に向かおうとする。Aさんが再び「何も知りませんよ」と言ったが、わたしは構わずバイクの女性に話しかけた。

「幸子さんが、車でここを訪ねて来たんですか？　いつのことですか？」

しかし彼女は答えず、

「そうね、さっちゃんね、さっちゃん……」

ぶつぶつ言いながら、表に出てしまった。

彼女の背を追いながら、わたしははっとした。白い車でここへ来たすごい美人とは、幸子さんではなく、三十年ほど前のベルさんのことではないかと思ったのだ。

「それは幸子さんではなくて、幸子さんを探しに来た娘さんじゃないですか？　わたしは、その娘さんの友人なんです」

ヘルメットをかぶり、バイクにまたがろうとする彼女に向かって問いかけてみたが、返事はない。代わりに玄関の中から、やや怒気を含んだ「何も知りませんよ」という声が飛んできた。

「あなたは、幸子さんをご存じなんですか？」

さらに訊ねてみたが、原付バイクはわたしたちを振り切るように、大通りを走り去ってしまった。

わたしと木川さんは、ぽかんとして顔を見合わせた。

訊きたかったのは、幸子さんの家族がそこに暮らしていたかどうかの確認と、当時の彼らの様子だった。知らないなら「知らない」で構わなかったのだが、Aさんの態度はあきらかにそれ以上の何かを含んでいた。

〝白い車でここへ来たすごい美人〟は、ベルさんで間違いないと思う。帰ってからベルさんに確認したところ、パパの車は白だった。高級車を扱う自動車ディーラー勤務だった彼は、それ相応の車に乗っていたはずだ。そして当時のベルさんは、踊り子時代よりはやや太ってはいたが、まだまだスタイルは良く服も化粧も派手で、芸能人並みに目立っていた。今とそう変わらず殺風景であったろう三十数年前のこの街で、強烈な印象を残したはずだ。バイクの女性は、そのときのベルさんをここで見ているのだ。

幸子さんの家がAさんの敷地内にあったことは、ほぼ確実になった。同時に、米兵と日本人女性のカップルやその家族が、どんな偏見にさらされていたか、少し実感できた。不愉快を隠さないAさんにそれ以上何も訊く気にはなれず、わたしたちは原付バイクが見えなくなったあと、そこを離れた。

「進駐軍キャンプがあった街なら、米兵相手の繁華街の跡があってもよさそうなのに、それらしいものが見当たりませんね」

籠原駅と航空自衛隊基地を結ぶ通りを歩きながら、木川さんが言った。戦争に関わる街をたくさん見てきている彼が首をひねるほど、確かにそれらしきものがない。脇道を一つ一つ覗き、路地裏を通ったりもしたが、とうとう見つからなかった。

第二章で引用した昭和三十三（一九五八）年の新聞記事によれば、かつてはキャンプそばに百余軒もバーやキャバレーが連なる歓楽街があった。米軍が撤退した当時すでに「化物が出るようなさびれ方」ともあるので街が衰退したのはわかるが、業種が変わるなどして残った店や建物などによって、当時の匂いの残り香くらいあってもよさそうなのに、不思議だった。

この疑問は、直後に移動した木川さんの映画の上映会場、熊谷『シネティアラ21』で解決することになった。

お客さんの中に熊谷市史編さん室の方がいらしていると聞き、挨拶に行ってみると、資料を送ってくれた方の同僚だった。

さっそく彼にこの疑問をぶつけると、

「米兵相手の歓楽街は、基地のすぐ前、美土里町の辺りにありました。でも、進駐軍が撤退したあと、保険金目当ての放火が多発したんです。おそらくそれで、今は残っていないのだと思います」

との答えだった。

当時の人たちにとって、進駐軍目当ての歓楽街など、芝居の書割《かきわり》のようなものだったのかもしれない。こうして跡形もなく消え去った幻の街が、他にも各地にあったのだろう。そこで荒稼ぎし、恋をし、傷つき、生を謳歌した人たちは、混乱の祭りが去ったあと、どこでどんな暮らしをしたのだろう。

故郷

二〇二三年六月下旬、わたしは一人、北海道へ向かった。幸子さんとベルさんが生まれ育った地を取材するためだ。

日程のうち、はじめの二日間は札幌市中央図書館と札幌市図書・情報館に通い、戦後進駐軍がいた頃の札幌の様子がわかる資料や、幸子さんの出生地である豊羽鉱山に関する資料を当たることに費やした。

三日目は、札幌市真駒内《まこまない》にある、陸上自衛隊真駒内駐屯地へ行った。戦後の占領時代、『キャンプ・クロフォード』という米軍キャンプがあった場所だ。幸運なことに、この日は駐屯地開庁六十九周年記念のイベントで、年に一度の一般公開日だった。基地内にある目当ての史料館も、ふだんは事前予約や申請書の提出が必要なところ、この日は誰でも自由に出入りできた。

真駒内駅を出ると、大勢の人たちが基地に向かって歩いていた。家族連れからミリタリーマニアっぽい人、迷彩服を着た父子もいた。

ほどなく見えてきた正門をくぐると、すぐに荷物チェックのテントがあった。中には女性隊員の姿もある。そこで敷地内マップをもらい、先に進んだ。晴れ渡った空の下、最新鋭の装備品や戦車などの展示場で、人々が写真を撮ったり説明を聞いている様子が見えた。反対側の広大なスペースでは、式典が始まろうとしている。それらを横目に見ながら、わたしは一直線に史料館に向かった。

趣のあるレンガ造りの史料館には、キャンプ・クロフォード時代の資料も少しだけ展示されていた。当時のキャンプ内マップを見ると、英語名をつけられた通りが縦横に走り、中央にペンタゴンそっくりのデザインで建てられた司令部や滑走路、訓練場などの軍事施設の他、教会、ゴルフ場、プール、パン工場、ミルクプラントまであった。また北端に兵営とクラブ、劇場が、反対の南端に家族宿舎と学校、女子寮が配置されていて、考慮された一つの街になっていたのがよくわかった。

基地内を写したモノクロスナップ写真の中に、食堂に集まる笑顔の米兵たちがいた。ベルさんのお父さんがいるかもしれない。そんな思いがよぎって、惹きつけられる。開庁六十九周年ということは、昭和二十九（一九五四）年までは進駐軍がいたということだから、一九五三年生まれのジニヤさんのお父さんも、昭和二十九年に結婚した幸子さんの夫ルイスさんも、ここにいたのかもしれない。

突然、空砲の爆音が響き渡り、ヘリコプターの轟音が近づいてきた。表に出てみると、演習のデモンストレーションが始まったところだった。数機のヘリコプターが、街路樹の葉を風圧で吹き飛ばしながら低空飛行して集まってくる。一つ先の通りを、戦車の隊列が走る。

ただただ圧倒された。そしてどうしても、たった今実弾の雨にさらされている地へ、思いを馳せずにはいられなかった。

翌日からは、ベルさんとテレビ局の撮影クルーが合流した。

北海道への取材旅行は、当初わたし一人で行く予定だった。膝を手術して二年半経つベルさんは、ステッキを使ってもまだ普通に歩くことがままならなかったからだ。短い時間になるべく多くの場所へ行き、人に会うには、一人のほうが好都合だった。しかし、わたしたちを撮影していたテレビ局のディレクターから、わたしとベルさんが北海道の縁《ゆかり》のある地を回る様子を撮影したいとの要請がきた。自由はきかなくなったが、その代わり車を用意してもらえ、移動は楽になった。ベルさんはディレクターの女性とすっかり打ち解けていたので、安心感もあった。

まず、ベルさんが「ママ」と呼ぶ、ストリップ小屋『カジノ』の経営者、坂本育子《さかもといくこ》さんに会った。児童養護施設を出た後、ベルさんが最初に信頼し、自分の生い立ちや読み書きに不自由があることを打ち明けた人だ。

電話ではときどき連絡をとっているが、直接会うのは久し振りだという二人の対話は、終始笑いに包まれていた。ベルさんの穏やかな表情から、坂本さんへの信頼が深いことがよくわかった。

話題に上ったことのほとんどは、これまでベルさんから繰り返し聞かされてきたものと同じだった。しかしいくつか、新しい情報もあった。一つは、ベルさんが「外人ストリッパー」として売り出していた件だ。わたしはてっきり、外国人のほうがギャラが高かったからそうしていたのだと思っていたが、坂本さんによると「そんなにずるく立ち回れなかった」とのこと。ベルさんは「しょせん偽物」なので、外人なのは看板だけ、ギャラも日本人の踊り子たちと同じだった。

もう一つ、意外なことがあった。坂本さんから、

「ベルちゃんからお母さんを探したいと言われて、一緒に区役所に行って、戸籍謄本を取っ

たことがあるのよ」

という話が出たことだった。ベルさんはずっと「パパに会うまで、お母さんに会いたいと思ったことはなかった。踊り子時代には、お母さんのことなんかこれっぽっちも思い出さなかった」と言っていたのだが、そうではなかったのだ。

坂本さんは続けた。

「だけど、戸籍謄本だけでは何もわからなくてね。わたしはベルちゃんに、お母さんにもきっといろいろと事情があったんだろうし、今は別の人生を送っているんだから、そっとしておいてあげたらって、言ったの」

最盛期には六十人ものストリッパーを束ね、女性が抱えるさまざまな事情を知っていた坂本さんだからこそ出てきた、心からの意見だろう。

これを聞いて、わたしをはっとした。ベルさんがよく言う「お母さんにもお母さんの事情があったと思うのよ」と、ぴたっと重なるからだ。踊り子時代にはまだお母さんを恨んでいたベルさんだが、坂本さんのこの言葉によって、やむにやまれぬ母の事情を考え、慰められた部分もあったのかもしれない。

豊羽《とよは》鉱山

坂本さんと会ったあと、わたしとベルさんは、札幌市中央区役所へ行った。堤家の、遡《さかのぼ》れるだけの戸籍謄本を取るためだった。

順番が来てカウンターに行き、

「堤麗子さんは、戦後の混乱期に、生まれて間もなく施設に預けられて育った人なので、家族を知らないんです。でも、お母さんがちゃんと出生届を出してくれたので、戸籍に入っています。今、彼女は自分の家族について知りたいと思っていて、調べているところなんです」

と説明すると、窓口の男性職員はわたしたちの顔を見比べてから、何かを察したように「そういうことですか」と眉間に力をこめて言い、奥のコンピューターに向かって行った。しばらくしてカウンターに戻ってきた彼は、手にした書類を広げるなり、

「堤さん、あなたのお母さん、幸子さんは生きてますよ！」

と興奮気味に言った。わたしが最初の説明で、すでに幸子さんのことは突き止めていることまでは話さなかったため、自分がベルさんのお母さんを探し当てたと早合点してしまったのだった。

慌てて謝り、幸子さんはアメリカですでに亡くなっていると話しながら、ふと疑問が湧いた。

「今気づいたんですが、幸子さんが、今もこうして戸籍謄本に載っているということは、国籍は日本のままで、誰も彼女の死亡届を出していないということですか？」

男性職員は、そうだと答えた。

アメリカに住む幸子さんの娘さんたちは、幸子さんは結婚以来一度も日本に帰らなかったと言っていた。彼女たち自身も、日本の親族に会ったことがない。幸子さんの死は、日本にいる堤家の人たちに知らされていないのだ。

もしも幸子さんの死亡届が出され、除籍されていたら、ベルさんは最後に戸籍謄本を取った二〇〇七年の段階で、母の死を知ることになっただろう。そして、そこでお母さん探しは終了となったはずだ。わたしに出会ってからも、お母さんの話はしても「探して」という展開にはならなかっただろう。

幸子さんが堤の家族と絶縁したことが、ベルさんとアメリカの妹たちを繋げたことになるのか、などと考えている間に、カウンターにいくつかの書類が広げられた。そして男性職員が、ベルさんの祖父母やおじ、おばたちについて、丁寧に説明してくれた。前述の、ベルさんがパパと一緒に会いに行った「おじさん」が幸子さんの弟であったことや、わたしが手紙を出したＫ谷信子さんが幸子さんの八歳下の妹であったことが判明したのは、このときだ。

ベルさんの祖父にあたる堤政之助さん筆頭の戸籍謄本からわかったのは、ベルさんの祖父母が大正十三（一九二四）年に結婚し、札幌郡豊平町平岸村にあった豊羽鉱山の住所を本籍にして暮らし始めたこと。この夫婦には八人の子供がいたこと。ベルさんの母、幸子さんはその四番目の子供であったこと。そして、彼女が十歳になる年、一家が札幌の中心地に転籍したことだった。

およそ一年前、ベルさんから戸籍謄本を見せられたとき、幸子さんの結婚相手と弟の養子縁組先の記載の次に、わたしの目を引いたのは、幸子さんの出生地の住所が「豊羽鉱山」であったことだ。

鉱山――。

そうした土地に縁がないわたしの頭に浮かんだのは、小説で読んだり映画で観たりした炭鉱町だった。胴間声《どうまごえ》を張り上げて闊歩《かっぽ》する汗と泥に塗《まみ》れた男たち、彼らから金を搾り取ろうときらびやかに誘う酒場や花街、鉱夫に負けない気の強さで家を切り盛りする女たち、殺風景な路地で遊ぶ野性味あふれる子供ら。そんな、ステレオタイプな風景だ。

ただし、豊羽鉱山は炭鉱ではなく、採掘されたのは鉛や亜鉛といった金属だった。第一次世界大戦中に創業するとたちまち山は繁栄し、大変な賑わいだったらしい。ところが、大戦が終わると戦後恐慌の煽《あお》りを受け、一九二一（大正十）年には休山に追い込まれる。

幸子さんの両親がここに本籍を置いた大正十三年は、休山中にあたる。山を少し下りれば定山渓《じょうざんけい》という温泉地があるが、そこで暮らしを立てていたのだろうか。

戸籍謄本に記載された、八人きょうだいたちの出生住所を見ると、幸子さんを含む上の五人は、この豊羽鉱山の住所で届けられている。その後、六番目の子供は「札幌郡豊平町大字平岸村字定山渓」、七番目の子供［わたしが手紙を出したK谷信子さん］は「札幌郡豊平町大字平岸村字石山」と、豊平川沿いに、だんだんと札幌の中心地へ向かって移動しているのがわかる。この第七子が生まれた一九三九（昭和十四）年、次の大戦の気運による需要が出てきたのだろうか、豊羽鉱山は再開された。

区役所へ行った翌日、NHKが手配してくれた車で、豊羽鉱山を訪ねた。閉山して十七年も経つので、鉱山跡は人気《ひとけ》のない廃墟になっているだろうと予想していた。旅程に豊羽鉱山があることを地元の人に話すと、必ず「熊に気をつけて」と言われたので、山深いところなのだろうと覚悟もしていた。

実際、宿泊先の札幌中心街から小一時間ほどの間に、車はどんどん寂しい山奥へ入って行った。天気のよい午前中だったので不気味な怖さはなかったが、それでも鬱蒼と茂った藪《やぶ》の合間に闇を見つけると、はっと身構えるような気分になった。

地図上でそろそろ鉱山跡地かと思われるところに差しかかったところで、ふいに視界が開け、現代的な建物が現れた。企業名の表示があり、前の駐車スペースには数台の車もある。明らかに営業中の社屋だった。

車を停めて中に入り、勤務中だった責任者の方に訊ねると、休廃止鉱山の管理業務を行っている会社とのこと。わたしはまったく知らなかったが、金属系の鉱山を掘削したあとは人体に悪影響を及ぼす金属がむき出し状態なので、操業を停止しても、放置したままでは土地や川を汚染してしまうのだという。そこで彼らのような企業が、流れ出る毒物の量が国で定められた数値に下がるまで、後処理をするということだった。閉山から十七年も後始末をしていると知り、驚いた。

わたしたちの目的を話しながら、責任者の方に図書館で見つけた昔の豊羽鉱山の地図のコピーを見せると、幸子さんが住んでいた頃よりもずいぶん後の地図だと言われた。彼によると、その地図に書き込まれた施設は、住宅も学校も商店も今は跡形もなく、唯一残っている小さな祠《ほこら》も、通行止めの先にあるので入れないとのことだった。

それでもわたしたちが集落の跡地まで行ってみますと言うと、やたらと走ると危ないからと、車で先導してくれた。また、着いた先では車を降りて、どこに何があったのか、地図と突き合わせながら説明もしてくれた。

戸籍謄本にある幸子さんの出生時の住所は、札幌郡豊平町大字平岸字白井川豊羽鉱山三番地で、現在の地図には存在しない。札幌市中央図書館でも、場所は特定できなかった。しかし彼の説明のおかげで、ほんのりとではあったが往時の鉱山町の様子が想像でき、それをベルさんに伝えることができた。

『豊羽鉱山30年史』(豊羽鉱山株式会社社史編集委員会編、豊羽鉱山株式会社、一九八一年)によると、戦争のたびに好景気になる豊羽鉱山にはたくさんの家族が住み、繁栄期には人口五千人を超えたという。戦時下では、重要産業に対する政府の優遇措置があり、中心地の人たちが羨むような、豊かな暮らしぶりだったとの記述もあった。若い労働者たちは流行を先取りし、注目の的になっていたとか。

一九三一(昭和六)年生まれの幸子さんが物心つく頃には、わたしが勝手に想像していた荒っぽい風景とは別の、戦争景気に沸く満たされた生活がここにあったのだ。

今は緑に覆われ、当時の面影など微塵もない長閑《のどか》な山並みを、ベルさんは噛みしめるように眺めていた。

札幌

日本がいよいよ第二次世界大戦に参戦した一九四一（昭和十六）年に、堤家は、本籍を札幌市北二条東七丁目（現在の札幌市中央区）に転籍している。この頃は戸籍謄本が住民票の役割も兼ねていたというから、転居と考えていいだろう。この住所は、その後幸子さんがベルさんを産んで戸籍を分けたあとも、幸子さんの本籍地となっており、現在のベルさんの本籍地でもある。

このとき、幸子さんは十歳だった。戦争のさなか、都会の中心部での十人の大所帯は、どんな暮らし振りだったのだろうか。

幸子さんの本籍地については、札幌市中央図書館で、住宅地図を当たってみた。しかし運の悪いことに、その時代のその住所の部分が入った地図だけがなく、見つけることができなかった。北海道取材はドキュメンタリーの撮影もあったため過密スケジュールで、この調査はここでタイムアップ、続きは東京に戻ってからとなった。

まずは住所をグーグルマップで検索してみると、永山《ながやま》記念公園そばの一角が示された。拡大して、目ぼしい店舗がないか探す。古くから続く店があれば、そこに当時のことを知る人がいるかもしれないからだ。すぐに、寿司店が目に入った。調べると、運のいいことに昭和九（一九三四）年創業という老舗だった。

だめ元で、その寿司店に事情を書いた手紙を送ってみたところ、数日後、店主がわざわざ電話をくれた。彼自身は年齢的に当時のことは知らないが、ベルさんと同い年の親族や、近所で戦前から続くお米屋さんと新聞販売所に訊ねてくれたという。お米屋さんは当時の配給通帳を、新聞屋さんも当時の配達先の記録を当たってくれたそうだが、残念ながらいずれにも、堤家の記憶も記録もなかったということだった。

店主は続けた。

「当時ここ一帯は、S家という一族の土地だったんですよ。堤さんのご住所もそうです。もしかしたら、堤さんご一家は、S家のお屋敷に間借りしていらしたのかもしれません。当時、そうした暮らしは珍しくなかったそうですから。それで、お名前が記録になかったのではないでしょうか」

結局、札幌中心地での堤家の痕跡は、はっきり見つけることはできなかったが、大地主の敷地内に住んでいた可能性が見えてきた。住宅地図で見つからなかったのも、もしかしたらそのせいだったのかもしれない。

この地に越してきた四年後に終戦、さらに四年後の一九四九（昭和二十四）年五月二十四日火曜日、幸子さんはベルさんを産んだ。このとき彼女は十七歳。現代なら高校三年生だが、当時どのような状況だったのだろうか。

日本では、参戦した一九四一（昭和十六）年に国民学校令が制定され、義務教育が国民学校初等科六年＋高等科二年の、計八年となった。幸子さんはこの年に十歳だから、初等科の四年生だったことになる。

ところが、幸子さんが初等科を修了し、高等科に進もうという直前の一九四四（昭和十九）年二月に、戦況悪化を受けて国民学校令等戦時特例が公布された。これにより、就学義務が十二歳まで、つまり国民学校初等科までに引き下げられた。

だから、翌年の夏に戦争が終わったとき、本来なら国民学校高等科二年生だったはずの十四歳の幸子さんが、そこで学んでいたのか、あるいは進学しなかったのか、定かではない。地主の屋敷に間借りする生活であったことや、下にまだ四人の弟妹がいたことを考慮すると、高等科には進まず、十三歳になる年から働いていた可能性も高そうだ。

現在と同じ六・三・三・四年制で中学までの九年間を義務教育とする学校教育法が施行されたのは、一九四七（昭和二十二）年だった。そのとき幸子さんはもう十六歳で、すでに義務教育の年齢は越えていた。そして翌年、一九四八年の初秋にベルさんを身籠った。

生まれたタイミングが悪かったと、ひと言で片付けていい問題のようには思えない。

天使の園

北海道取材の話に戻る。

豊羽鉱山から戻った午後、ベルさんが十八歳まで育った北広島市の児童養護施設『天使の園』を訪ねた。

施設長の畠山さんのはからいで、当時ベルさんと一緒にここで過ごした同窓生や、併設されている北広島教会の信者さんで当時をよく知るご夫婦が、同席してくれた。それぞれが貴重な資料を携えていて、わたしがそれらを夢中で見ている間にも、ベルさんは彼らと思い出話に大いに盛り上がっていた。

同窓生の女性は、ベルさんのお母さんが見つかったことを喜びながら、

「よかったわね。わたしなんか、親のことは何もわからないんだから」

と言った。

「そうだよね、わたしは本当に恵まれてる」

ベルさんが答えた。

お母さんの話をするとき、ベルさんが最も強調して言うのが、

「お母さんはわたしを認知してくれた。だから、わたしは恵まれてる」

という台詞だ。だから戸籍謄本があるのだと、どこか得意げに言う。

実ははじめの頃、わたしはこれを「変なことを言うなあ」と、軽く聞き流していた。「認知」とは、婚外子に対して父親が行うものだと思っており、母親が子供の出生届を出すのは当たり前だし、届けが出されれば自動的に戸籍に載るのだから、それほど力を込めて言うほどのことでもなかろうと思っていたからだ。しかし、そうではなかった。戦争直後に児童養護施設に預けられた子供の中には、棄児も多かった。彼らには当然、戸籍がない。同窓生もその一人で、名前は施設でつけてもらい、戸籍は高校入学時に作ったということだった。

こうした環境で育ったベルさんにとって、お母さんが自分を子供として役所に届けてくれたこと、麗子という名前をつけてくれたことはとても重要で、数少ない自慢できることだったのだ。

歓談のあと、わたしたちは畠山さんの案内で庭を歩いた。建物はそっくり建て替えられており、ベルさんたちが作業をした畑もなく、世話をした牛も馬も豚も鶏もいなかった。当時の面影がほとんど残っていない中、ベルさんが「これ、昔もあった！」と指差すものが

あった。マリア像と犬小屋、そして栗の木だ。ベルさんは一つ一つ思い出を語りながら、懐かしそうにそれらを見つめていた。

翌日は、北海道取材の最終日だった。

最初の訪問先、札幌修道院では、天使の園に併設されていた北広島教会にいたシスターから、話を訊いた。前章で記した天使病院のベビーホームに関する重要な情報は、このとき得たものだ。

札幌修道院を辞したあと、天使病院の前を通って北十一条教会へ向かった。この三つの施設は、ほど近い距離にある。

北十一条教会は、ベルさんが生後三か月のとき洗礼を受けた場所だ。前年、わたしが出した代母に関する問い合わせに対し、丁寧に教えてくれた事務局の方たちが、温かく出迎えてくれた。

ひとしきり話を訊いたあと、わたしとベルさんは聖堂に入った。外観からは想像できなかった、横に広々と広がるとても気持ちのいい空間で、ぴんと張り詰めた厳かな雰囲気の中、クリスチャンでないわたしでも祈りたい気持ちになった。

帰り際、ベルさんが教会に併設されているショップに立ち寄りたいと言うので、一緒に行った。中では、キリスト教に関する様々なグッズが販売されていた。買い物を終えて店を出ると、彼女がわたしに「はいこれ、えっちゃんに。いつもお世話になってるから」と何かを差し出してきた。手のひらに受け取って見ると、小さな聖母子像だった。

今、あのときもらった聖母子像が置かれた机でこの原稿を書きながら、わたしは少し後悔の念にかられている。時間に限りがあったとはいえ、あまりに忙《せわ》しない取材旅行だった。特に天使病院から北十一条教会へかけての界隈は、幸子さんが赤ん坊のベルさんを抱いて歩いたに違いない場所だ。お母さんが一度面会に来た天使の園以外で、母娘が一緒にいたとはっきり言える唯一の場所と言ってもいい。せっかくベルさんと一緒だったのだから、そんなことを話しながらゆっくり歩いて回るべきだった。

ベルさんが、何か不満を言ってきたわけではない。ただ、テレビカメラの前で難しいインタビューを受けたり、ゆっくり食事をする時間もなく次々と移動する中で、ベルさんはおそらく、あのときあの場所にそうした重要な意味があることに思いが至っていなかった。わたしがちゃんと説明し、彼女に感慨にふける時間を持ってもらえばよかったと思う。

父親

北海道から戻って間もない七月一日、アメリカの『National Personnel Records Center（略称NPRC）』からメールが届いた。

NPRCは、わたしがベルさんのお母さん探しを始めたときに見つけたサイト『GI Trace』に掲載されていた機関で、前章のAP通信のニュース記事（八七頁）に出てきた『全国人事記録センター』のことだ。そこでは二十世紀以降のすべての退役軍人の軍歴を保管しており、『GI Trace』のサイトからダウンロードしたリクエスト・シートを郵送すれば、希望する軍人の履歴を調べてくれることになっている。英国の団体『War Babes』の訴訟のおかげだ。

北海道へ行く前に、わたしはベルさんの代理人として、このリクエスト・シートを送っていた。

ベルさんの父親については、前章に記したとおり『Ancestry』のDNAテスト結果を受け、ボランティアグループ『Find My GI Father』が、インディアナ州リッチモンド出身のドナルドとハロルドという、兄弟にまで絞り込んでくれていた。二人はすでに亡くなっていたが、それぞれに息子がおり、その連絡先も摑んでいた。彼らのどちらか一人でもDN

A検査を受けてくれれば、父親を特定できる。だから、それをお願いする手紙を出してみてはどうかと、『Find My GI Father』のテレサさんからはアドバイスを受けていた。

しかしわたしたちは、まだ彼らにアプローチしていなかった。理由は、当のベルさんが幸子さんほどには父親について関心を持っていなかったことと、この兄弟が息子たちと良好な関係を持っていたのかどうか、よくわかっていなかったことだ。わたしはベルさんから「お父さんのことは、他のことが落ち着いてからでいい」と言われていた。

「他のこと」とは、アメリカ行きのことだった。わたしたちはこのとき、ドキュメンタリーを撮影しているテレビ局の都合で、七月に渡米する方向で話を進めていた。

北海道取材旅行の準備とアメリカ行きのための資金集めで大わらわしていたとき、わたしはたまたま久し振りに『GI Trace』のサイトを見て、NPRCに調査を依頼してみるのはどうかと思いついた。兄弟の軍歴から、幸子さんがベルさんを身籠った時期に北海道の進駐軍キャンプにいたのがどちらなのかがわかれば、父親を特定できる。

リクエスト・シートには、探している父親の氏名、出身地、シリアル/サービス番号、生年月日、母親とつき合っていたときの年齢、所属軍、業種、場所、既婚だった場合は妻の名前などを、わかっている範囲で記入する。わたしはここに、ドナルドとハロルドの情報を書き入れ、備考欄にどちらが父親かを知りたい旨をしたためた。その他に手に入れている情報をすべて添付し、指定どおり封筒に入れて郵送で送った。アメリカからしからぬ、旧式なやり方だった。

回答は、Eメールで届いた。差出人はNPRCのDr. Zussblatt（ズスブラット博士）。内容は簡潔で、

可能性が高いのは、一九四七年十一月一日から一九五一年十月一日まで米軍に勤務していた、ドナルドである。彼の記録は一九七三年の火災で失われたため、彼が日本にいたとは断定できないが、従軍記録からその可能性は高い。

というものだった。

『Find My GI Father』の調査報告には、兄弟二人とも「第二次世界大戦に従軍」とあったので、少々疑問は残った。しかし彼女たちの報告書でも、ドナルドの方にだけ「硫黄島で負傷の記録あり」と、日本に関わる記述があったことを考えると、NPRCからの回答には納得できた。

ベルさんには、NPRCの報告をそのまま伝えた。あとは、彼女が異母兄と繋がりたいかどうかだが、ベルさんの返答は以前と変わらず、「今でなくていい。アメリカから帰って

からにしたい」だった。

この本が出て、落ち着いて次のことを考えられるようになったら、ゆっくり話し合ってみようと思う。

ここまででわかったこと。

⑳ベルさんの父親は、米国イリノイ州出身の、ドナルド・××××さんだった。

第四章　猜疑心

二〇二三年七月十日。それが、当初のアメリカ行き出発予定日だった。しかし、直前になってこれは中止となり、あらためて九月二十六日に渡米することになった。

ベルさんの物語はアメリカで大団円を迎えるが、その本質は、七月の渡米中止から九月の渡米までの、およそ二か月半の間に起きたできごとの中にあると、わたしは考えている。親しい友人関係だと自負していたわたしが、はじめて本当のベルさんを知り、打ちのめされた。彼女の心の奥底にあるものに触れた。そしてそれこそが、ベルさんなのだと思い知ったのだった。

そこで最終章の前に、七月の渡米中止の顚末を綴ることにした。苦い思い出だが、ここを書かなければ、ベルさんの物語にはならない。

＊＊＊

二〇二二年の秋、アメリカの妹たちと繫がり「是非アメリカにきて欲しい」と言われてから、わたしとベルさんは「来年の秋頃に行ければいいね」と話し合っていた。問題は渡航費だったが、わたしの心の中にはクラウドファンディングで資金を集める計画があった。前述したように、クラファンのプロジェクトは本を多くの人に知ってもらう機会になるだろうという思惑もあったが、それ以上に、GIベビーとして苦難の多い人生を送ってきたベルさんが、善意のサポートによって渡米し、お母さんのお墓参りをすることに、大きな意味があると考えていた。

戦争に関わるプロジェクトだから、戦争の話題が注目される夏に立ち上げて資金を募り、航空運賃が安価で気候もいい秋に、渡米するのが理想だった。そのスケジュールなら、当初二〇二三年末に出版予定だったベルさんの本にも、ぎりぎりでアメリカのことが書ける。

ところが二〇二三年四月初旬、ベルさんとわたしを撮影していたテレビ局のディレクターから「六月から七月の間に、アメリカで撮影をしたい」と要請があった。番組の制作が決定し、放送日が八月末から九月初旬の間と決まったためだという。

来月あたりからクラファンのやり方を調べ始めようかな、などとのんびり構えていたわたしは、焦りながらも興奮した。さっきまで半分夢のように思えていた渡米が、一気に現実的になったからだ。

ひとしきり喜び合ったあと、わたしはディレクターに、まだベルさんには伝えないよう頼んだ。アメリカ行きは大きな事案なので、確実になってから伝えたほうがいい。ベルさんは、話が複雑化して理解ができなくなると、不安に陥り、パニックを起こしてしまう。アメリカ行きが決まったと喜ばせたあと、やっぱりだめだった、などということになったら、大変なことになる。少なくともアメリカの妹たちの予定を訊き、全員の都合を突き合わせ、おおまかにでも渡米の日程が決定してから伝えるのがベストだと考えた。

ディレクターにその旨を了承してもらい、まずはアメリカの姉妹にメールを出した。今年の六月から七月の間にノースカロライナに行きたいこと、目的はベルさんと姉妹との対面とお母さんのお墓参りであること、また、本のために幸子さんを知る人を取材したいこと、そして、テレビのドキュメンタリー番組の撮影クルーが同行することを書いた。

わたしがベルさんについての本を書いていることは、はじめから伝えてある。ドキュメンタリーの撮影に関しては、前年の十月にアメリカと日本を繋いでビデオチャットをしようと計画したとき、ディレクターから撮影したいと申し出があったので、妹たちに伝え、了承を得て一度撮影をしていた。

間もなくして送られてきた返信は、

わたしたちは、ドキュメンタリーには参加したくありません。ただ、麗子との面会を大切に、プライベートに行いたいだけです。また、わたしたちは母の友人たちとはもう連絡をとっていません。ほとんどの方が亡くなっています。

というものだった。

このとき、姉のジャネットさんは仕事をリタイアしたところで、長年暮らしたカリフォルニアから故郷のノースカロライナに引っ越そうとしていた。引っ越し先は、前年に再婚した妹のRさんが出ていったために空き家になっていた、幸子さん一家の家で、帰ったらすぐにリフォームをするので、わたしたちの渡米は七月以降がいいとも書かれてあった。

姉妹のメールの行間からは、幸子さんの友人知人などに取材をして欲しくないという気持ちが読み取れたので、わたしはあきらめることにしたが、「ドキュメンタリーには参加したくありません」については、意味を測りかねた。ビデオチャットのときはOKだったのに今回はだめな理由が、はっきりしなかったからだ。撮影自体がだめなのか、それとも、顔を映さないなど条件付きなら可能になる部分もあるのか、この文面だけではわからなかった。

返信の内容をディレクターに伝え、ひとまず渡米の日程を七月初旬と決定して、ベルさんにアメリカ行きが決まったと伝えた。

ベルさんは、子供のようにはしゃいで喜んだ。わたしも心から幸せな気持ちになった。すぐにクラウドファンディングサービスの『ＣＡＭＰＦＩＲＥ』にアカウントを作り、中で開催される全てのセミナーに申し込んだ。そして、六月初旬にプロジェクトを立ち上げる準備にとりかかった。

ディレクターと渡米について話し合うと、彼女はまず、姉妹の気持ちを尊重したいと言ってくれた。その上で、彼女たちに番組制作意図を伝えたいのと、撮影に関してどこまでＯＫなのか、顔のモザイク処理ではどうかなどを確認したいので、直接連絡をとりたいと言われた。

わたしは彼女たちへの返信に、幸子さんの友人知人への取材はしないこと、撮影に関する二人の気持ちをディレクターに伝えたこと、ディレクターからは二人の意思を尊重すると返事をもらっていることを書き、加えて「×××［テレビ局名］のディレクターが、あなたたちに直接連絡したいそうなので、メールアドレスを伝えても構いませんか？」と書き添えた。しかし、それについての返信はこなかった。

無言は「ノー」だろうと判断し、ディレクターから姉妹宛てのメッセージは、わたしを経由して送った。とても熱意のこもった文面で、長文だったが決して強引な撮影交渉ではなかった。しかし返ってきたのは「撮影には参加したくない」という、前回と同じ内容だった。撮影条件に関する質問にもいっさい触れられていないので、解釈に迷った。仕方なく言い方を変えてまたメールするも、返信さえこなくなった。こうなると、撮影自体を拒否していると解釈するのが妥当だった。

その頃、ベルさんは妹たちから「旅費はこちらで持つので、麗子一人で来て欲しい」というメールを、翻訳機を使ったらしい日本語で受け取っていた。これには驚いた。撮影拒否はわかるが、わたしまで拒絶されるとは思っていなかったからだ。ついこの間まで、ベルさんとわたしの二人でアメリカに行くという前提で、姉妹たちと和やかに話が進んでいたので、不意を衝《つ》かれた。

おそらく、わたしがディレクターとの仲介役をしてしまったのが、いけなかったのだろう。このときやりとりしたメールを今、姉妹たちの立場に立って読み返してみると、よくわかる。ディレクターが送った文面は、わたしには「熱意」と読み取れたが、彼女たちには「圧力」と受け取られてもおかしくなかった。しかもそれは、かなりの長文だった。「あなたたちの意思を尊重する」と前置きしながら、制作意図を長々と熱く語り続け、かつ撮影条件をあれこれと提案してくる文章は、すでに「撮影には参加したくない」と意思表示していた彼女たちにしてみれば、自分たちの意思を尊重してくれているとは思えないものだったのだろう。

そのメールが、わたしのアカウントから届いたのだ。後に彼女たちがベルさんに「えつさんはテレビ局側の人間だから、信用できない」と訴えたのも、無理はない。すでにこの段階で、失敗は始まっていたのだ。

話を戻す。

妹たちからのメールを受け取ったベルさんは、一気に不安を募らせた。このままでは、たった一人でアメリカに行くことになる。それに、いくら肉親とはいえ、出会ったばかりの妹たちに費用を出してもらうわけにはいかない。

わたしはベルさんを、一刻も早く安心させなければならなかった。

「大丈夫、安心して。わたしがちゃんと一緒に行けるよう、妹さんたちに話すから」

彼女にそう言って、わたしはすぐに姉妹にメールを送った。言葉もわからず脚も悪いベルさんが、たった一人で飛行機を乗り継ぎ、ノースカロライナまで行くなど到底無理であると書いた。しかし、返信は来なかった。

わたしは頭を抱えた。こうなったら、ベルさんから妹たちにメールを送ってもらうしかない。ベルさんには難しい交渉ごとはできないので、わたしがベルさんの立場になって文章を考え、ベルさんに読んで聞かせて了承を得た後、彼女のスマートフォンから送信した。

家族のいないベルさんにとって、サポート役のわたしが一緒に渡米することは自然なことである。ドキュメンタリー撮影はベルさんが許可した責任があり、彼らも仕事なのでアメリカへは一緒に行く。しかし、決して妹たちは撮影しないと約束する。またベルさんにとって、長い時間を共に過ごしている撮影クルーも、大事な存在であることをわかって欲しい。

祈るように書いて、送信した。

数日後、ベルさんに返信があった。前と変わらず、あくまでも自分たちの力でベルさんだけを渡米させたい意向が書かれていた。家族の対面は内々でやりたいという気持ちが、さらに強固になっていることが伝わってきた。

それでもこのときまだ、わたしは「妹たちを撮影しなければＯＫ」「家族の対面時に撮影クルーがいなければＯＫ」と考えており、それは難しいことではないと思っていた。

ところが、話はそう簡単ではなかった。

ある日、ベルさんから「妹たちから、電話で話したいと言ってきた。どうしたらいいのかわからないから、えっちゃん助けて」と頼まれた。どうやら、ビデオチャットをしたいということらしかった。

ベルさんは、わたしが貸し出していたスマートフォンを自ら卒業し、新たに高齢者用スマートフォンを契約して、フェイスブック・メッセンジャーの特訓を続けていた。毎朝一度、何でもいいからわたしにメールを送るのを日課にしてもらっていたのだ。日に日に上達はしていたが、ビデオチャットの操作などはまだできなかった。何より彼女は、英語がまったくわからない。

わたしは姉妹に、ベルさんからサポートを頼まれたのでビデオチャットの日程を調整したい、とメールを送った。すると「今回のビデオチャットは、家族だけでやりたい。あなたにはいて欲しくない。言葉は翻訳機を使うから問題ない」と、短い返事がきた。

ベルさんは「一人じゃ絶対に無理。えっちゃんがいてくれなきゃ嫌だ」と半べそをかいたが、わたしもいきなり蹴り飛ばされたようで、泣きたかった。ついこの間まで温かな交流をしていただけに、彼女たちの態度の変化に狼狽《うろた》えるばかりだった。

だが今にして思えば、姉妹のほうこそ狼狽えていたのだ。姉を助けてくれている親切な人だと思っていたわたしが、自分たちの気持ちを無視してテレビの撮影交渉に手を貸す人間だった。警報が鳴って、わたしからベルさんを守ろうとさえしていたのかもしれない。

「わたしはあなたたち家族のプライバシーを侵害するつもりはなく、スマートフォンの操作に不慣れな麗子のサポートをするだけです。ビデオチャットが繋がり、通話が始まったら、部屋の外の廊下に出て待ちます」

そこまで言ったが、だめだった。結局、ビデオチャットをする話は立ち消えになった。

わたしはあらためて、彼女たちのサイドに立つ前にテレビの撮影交渉の手助けをしてしまったことを悔い、彼女たちに対し、あれは大きな過ちだったと最大限に詫びた。そして、今後は何があっても彼女たちのサイドに立つことを約束した。そうしてやっと、姉妹から「あなたと麗子、二人でアメリカにいらっしゃい」と書かれた返信をもらえた。

その後は、「家族の面会時には、撮影クルーを決して立ち入らせない」という約束の下、アメリカ行きの調整を再開した。ジャネットさんは、自分のメールアドレスをディレクターに伝えてよいと言ってくれ、彼らは直接やりとりができるようになった。

それでもなお、撮影に対して神経質になっている彼女たちを相手に、プランは何度も何度も修正され、立て直された。そのやりとりの中で、わたしにもようやく、テレビ局側の渡米の主な目的が〝ベルさんと妹たちとの対面シーンを撮影すること〟だったことがわかってきた。そして最終的に決まったのが、以下の旅程だ。

ベルさんとわたし、テレビの撮影クルー三人は、羽田からワシントンDCに着き、そこで一泊して軍関連施設を回りながら撮影をする。翌日、テレビ局が調達した車で、五時間かけてノースカロライナへ行く。そこで撮影クルーは降り、ベルさんとわたしだけがそのままその車で、姉妹の指定した場所まで送ってもらう。ベルさんとわたしは、妹たち家族と数日を過ごす。その最後の日、ベルさんとわたしは指定場所まで送ってもらう。そこにテレビ局の車に迎えに来てもらい、撮影クルーが待つ場所まで行って合流する。その後、ノースカロライナで必要な撮影をし、全員一緒に日本へ帰国する。

姉妹が、撮影クルーとはいっさい接触しないプランだ。

実はこのプランの一つ手前に出したプランで、ディレクターは、ベルさんがお母さんのお墓参りをするところだけは撮影させて欲しいと姉妹に交渉し、了承を得ていた。さらに、幸子さんが親しんだ場所も撮影したいので教えて欲しいと頼むと、ジャネットさんが案内してくれることになったということだった。それを聞いて、彼女らの疑念はたいぶ氷解したなと、ほっとしていた。しかし、その後のやりとりの中で再びこじれてすべてが却下され、テレビ局の車が彼女たちの住む街に入ることさえも拒否されてしまった。そこでこの最終案を絞り出し、やっと許可を得たのだった。

ベルさんとわたしは、ジャネットさんの家に宿泊させてもらえることになった。かつて幸子さんが暮らしていた家だ。一つ一つ、彼女たちの要望を汲んで計画を立て直した結果だと思う。我ながら、本当によく頑張った。

しかし他方でわたしの心配は的中し、ベルさんはパニックを起こしかけていた。ものごとは少しずついいほうへ向かっていたのに、敏感な彼女はそれまでに起きた問題を察知して、不安を募らせていたのだ。そのうち「お母さんのお墓がなければ、アメリカなんか行きたくないからね、わたしは」と、あれだけ会いたがっていた妹たちへの感情を、変化させてしまった。

わたしとディレクターが、姉妹への対応に苦慮する姿を見せてしまったせいだと、わたしは大いに反省した。

「妹さんたちが、撮影を拒否して家族だけで会いたいと願うのは、当たり前だよ。彼女たちは、それだけベルさんのことを、家族というものを、大事に思っているの。あの人たちは、何も悪くないんだからね」

何度もベルさんにそう念を押した。ベルさんは、その場では「わかってる」と言ってくれた。しかしよそでは「お母さんのお墓がなければ、アメリカなんか行かない」とこぼしているのを小耳に挟んでしまい、非常に辛かった。

スタートしたクラウドファンディングで、思いがけず多くの応援を受け、感動に包まれていたとき、実はベルさんはそういう状態にあった。彼女の気分を上げておけなかったのは、わたしの責任だ。彼女の性質をよく知っていたのに、渡米への対応で精神的にも時間的にも余裕がなく、適切なフォローができなかった。ものごとが悪い方向に向かいそうになったとき、必ずベルさんにかけるようにしてきた「大丈夫、安心して」の言葉も、きちんとかけてあげられていなかった。

その少し前、妹たちからベルさんへ、誕生日プレゼントが送られてきた。家族に誕生日を祝ってもらうのがはじめてのベルさんは「何とも言えない気持ちだ。えっちゃん、何だろうこの気持ちは」と目を潤ませた。嬉しいとか幸福とか、そんな手垢のついた言葉では表現できない気持ちだったのだと思う。

「家族愛、かなあ」

わたしは一応、そう答えた。確信というより、そうであって欲しいという願いから出た言葉だった。

妹たちに対し、一時はこのような感情を芽生えさせたはずなのに、少し空気が不穏になっただけで、「会いたくない」に変わってしまう。それがベルさんだ。

理由の一つとして、わたしたちが苦慮する様を彼女に見せてしまったせいだと前述したが、別にもう一つ、重要な理由があるように思う。彼女が持つ、とても根深い〝猜疑心《さいぎしん》〟だ。

交渉を重ねた末にやっと旅行プランが整い、ベルさんのパスポートも取れて、あとは出発を待つばかりとなった矢先、ベルさんの肉親探し最大の事件が起きた。そしてそれをきっかけに、ベルさんの猜疑心がわたしに向かって噴出した。

＊＊＊

出発日まで十日を切った七月一日の深夜、ジャネットさんからメッセージが届いた。

えつさん、アメリカ行きの航空券は、もう買ってしまいましたか？　こんな質問をするのは、家のリフォームがまだ終わらないので、こちらに来るのを八月中旬にずらしてもらえれば助かるからです。ジャネット

航空券はテレビ局がまとめて手配してくれており、彼らによってすでに支払い済みだった。わたしとベルさんの分は、クラウドファンディングの支援金が入金されてから支払うことになっていた。

はい、もう航空券は購入済みです。ご近所にホテルはありますか？　もしあれば、麗子とわたしはそこに泊まります。えつ

家から五分のところにあるホテルを、予約します。ジャネット

ありがとうございます。ホテルの料金を教えてください。えつ

ホテル代は、我々が出します。ジャネット

いいえ、以前お話ししたとおり、わたしはクラウドファンディングで資金を調達しており、幸い目標額に近づきつつあります。何度か旅程を変更したため、フライトも変更しているので、今、最終的な航空券の合計金額を出してもらっているところです。おそらく、ホテル代を賄えると思います。えつ

ということは、まだ航空券は買っていないということではないですか？　もし支払いがまだなら、日程を八月中旬にずらしてくださいませんか？ ジャネット

説明不足ですみません。航空券は×××［テレビ局名］が全員分まとめて購入してくれていて、わたしと麗子は請求書が届くのを待っているところなのです。えつ

ここで、ジャネットさんの態度が再び硬化した。理由はわからない。返信を要約すると、『渡航費は自分で調達したと言っているのに、なぜ×××［テレビ局名］があなたと麗子の航空券を買うのか。やはり撮影クルーが一緒に来るのではないか。ワシントンDCからは、あなたと麗子が二人だけで車でノースカロライナに来ると聞いていた。撮影クルーが一緒に来るなら話が違うので、今回のことは白紙にしたい。あらためて別の時期に、わたしたち姉妹で麗子を呼ぶ手配をする』

何度も読み返してみたが、何を言っているのか理解できなかった。強いて言えば、彼女は「ワシントンDCからは、あなたと麗子が二人だけで車でノースカロライナに来ると聞いていた」と書いているが、実際は「ワシントンDCから全員で車でノースカロライナに入ったあと、ベルさんとわたしは撮影クルーと別れて、二人だけで姉妹のところへ行く」なので、そこに齟齬があるにはある。実のところ、この最終プランを出すときに曖昧にした箇所だ。「撮影クルーには家の近所にも来て欲しくない」と言い出した彼女たちに対し「撮影クルーと一緒にノースカロライナに入る」とはっきり書かないほうがよかろうと、判断してのことだった。

しかし、これまでの話の流れの中ではそこにはひと言も触れていないし、彼女の文面からは、わたしたちがテレビ局主導でアメリカに来ることに不信感を抱いているように読めた。わたしはため息をつくと、最終的に姉妹から了承を受けている旅程をコピー＆ペーストし、旅程はこのまま今も何も変わっていないことを強調してメールを送った。

しかし、だめだった。相手は頑として、今回の旅行はなかったことにと書いてきた。「そちらがアメリカに来るのは勝手だが、会う気はない、麗子とは別に機会を作って家族だけで会う」と。

このとき姉妹は、何がきっかけでも堪忍袋の緒が切れる状態だったのだと思う。ベルさんのために我慢に我慢を重ねて交渉に応じていたのに、日本からは無神経に「これではどうか。この撮影は許してもらえないか」と執拗に要求をぶつけられ、限界点にいたのだろう。やっと決着が着いてわたしたちはほっとしていたが、姉妹たちのほうでは「本当に彼らは約束を守るのか」という疑念がふつふつと湧いている状態のままで、最後はもう理由もなく、わたしがうっかりテレビ局のことを持ち出してしまったためにプチンと切れたのだ。そう考えるほかなかった。

彼女たちは、ここ二、三年の間にたて続けに兄弟を二人亡くし、まだ悲しみが癒えていないときに突然日本から姉が現れ、母の秘密がもたらされるという状況の中にいた。ベルさんもわたしも嵐の中にいるような一年だったが、彼女たちもまた、とんでもない渦中で過ごしてきたのだった。そのことに、もう少し思いを至らせるべきだった。

「これからは、あなたたちのサイドに立つ」

彼女たちにそう誓った約束を、わたしは果たさねばならなかった。そうしなければ、ベルさんとわたしの、そしてベルさんを応援してくれたすべての人たちの夢が、ここで潰《つい》えてしまう。

ディレクターに電話し、起こったことを説明して、

「妹さんたちがベルさんに会わないなら、アメリカに行く意味がない。残念だけど、この旅行は中止にしましょう」

はっきりとそう言った。

「そうですね。しかたないですね」

ディレクターも了承してくれたので、わたしはすぐ、希望どおり今回の渡米を中止したことを姉妹に連絡した。

続いてベルさんに電話をかけ、事情を説明した。彼女にはなかなか飲み込めないようだったが、根気よく説明するしかなかった。その際「妹さんたちは、何も悪くない」と言うことも忘れなかった。

「大丈夫、安心して。クラファンの支援は順調だし、ちゃんとアメリカに行ける。妹さんたちも、ベルさんと会うのを心待ちにしてる。秋に二人で行こう。そもそも、そういう予

定だったじゃない」

明るく言って励ましたが、ベルさんの動揺は大きかった。申し訳ないと思ったが、わたし自身も激しく落ち込んでいた。たったひと言でいいから、慰めの言葉が欲しかった。「大丈夫、安心して」と言って欲しかった。


さあ仕切り直しだと、わたしはあらためてアメリカの姉妹に、九月から十月にかけての日程で再調整したいとメールした。すると、

「えつさんは来なくていい。麗子だけをわたしたちの力で呼ぶ」

という返事がきたきり、次のメールを送っても返信がこなくなった。まさか、そこからのやり直しになるとは思っていなかった。わたしは完全に、彼女たちからの信頼を失ってしまったのだ。

しかたなく、またベルさんからメールを送ってもらうことにした。わたしが文章を考え、それをベルさんのメッセンジャーから送る。姉妹は翻訳機で日本語を英訳して読んでいるので、なるべく簡潔に、端的に、わたしがテレビ局側の人間ではないこと、ベルさんのために尽力していることを書いて送った。しかし、彼女たちの態度は変わらなかった。

七月四日、アメリカに出発するはずだった日の六日前、わたしは以前からの予定どおり、

品川のとあるスタジオでドキュメンタリーのインタビューを受けた。三時間にも及ぶ撮影を終えた帰り際、ディレクターから話があるので車で送らせて欲しいと頼まれた。わたしは荻窪《おぎくぼ》で用事があったので、そこまで送ってもらうことになった。

車に乗り込むと、ディレクターが切り出した。

「岡部さん、予定どおり七月十日に、みんなでアメリカに行きましょう。今回のことは、言葉の問題だったと思います。アメリカには、英語が堪能なうちの優秀な現地スタッフがいます。彼らとチームを組んで、妹さんたちに会いに行きましょう」

あまりのことに、彼女が何を言っているのかすぐには理解できなかった。具体的には書かないが、荻窪までの道中、目的地に着いて駐車してからも、あえて率直な言い方をすれば、泣き落としや脅しと捉えてもおかしくない聞き捨てならぬ言葉で、七月十日の渡米を要請された。

「言葉の問題だった」とは、わたしの英語力を指して言ったのだろうが、少なくとも渡米の話が始まるまでは、わたしの拙い英語でも姉妹とは円満に交流してきた。問題がそこではないことは、彼女だってわかっているはずだ。そして問題の本質がわかっているのなら、たった今必死になって「えつさんはテレビ局側の人間だから、信用できない」という彼女たちの誤解を解こうとしているわたしに対し、あんな要請はできないはずだ。万が一、彼女の要請どおりのことをしたら、どうなってしまうか。今想像しても、ぞっとする。

狭い車中で小一時間説得されたが、わたしは同意せず、最後はこう言って車を降りた。

「わたしの目的は、ベルさんが幸せな気持ちで家族と対面することだけなの。あなたもよく知っているとおり、わたしはそのためだけにこの一年を費やしてきたんです。あなた自身も〝麗子さんファーストで番組制作をします〟と、言ってくれていましたよね。どうか、ベルさんを応援してください」

妹たちがあれほど神経質になって懸念した理由が、このときわかった。たとえ「あなたたちを絶対に撮影しない」と約束していても、彼らが現地で強行的な直接交渉や撮影をするだろうことを、直感していたのだ。

ディレクターの立場がわからないわけではない。一つのドキュメンタリー番組を作り上げるのは、並大抵のことではないだろう。それもわたしのような個人事業ではなく、組織での仕事だ。同情や憐憫《れんびん》、共感などの感情だけで成り立つものではないこともわかる。しかし、わたしがこのドキュメンタリー撮影を受けた大きな理由の一つは、彼女がベルさんに心を寄せてくれたばかりでなく、わたしの調査やベルさんへの友情にも関心を持ってくれたことだった。「何よりも麗子さんの思いを最優先します。そして岡部さんのお仕事の邪魔は決してしません」と言ってくれた彼女の言葉が、虚しく思い起こされるばかりだ。

車を降りたあと、わたしは不安になった。撮影に関しては、どんな些細なことでもわたしを通してから進めてもらうことが、わたしたちとディレクターとの約束だった。それは、複雑なことを考えたり判断したりすることに自信がないベルさんが、望んだことでもあった。しかしこうなった限り、そんな約束も当てにならない。今わたしにした説得を、ディレクターはベルさんに直接するかもしれない。そうなれば、楽しみにしていたアメリカ行きが中止になって不満と不安でいっぱいのベルさんは、後先考えず「うん、テレビ局のみんなと一緒に行きたい！」と答えてしまうかもしれない。彼女が「行きたい」と言えば、誰にも止める権利はない。そうでなくても今のベルさんは、妹たちの心情を慮《おもんぱか》ることができず「お母さんのお墓参りだけできればいい」という気持ちになっているのだ。撮影クルーと一緒に行って妹たちと決裂してしまっても構わない、とさえ言いかねない。それは、ベルさんの思いに対して最大限の愛情を返そうとしてくれている姉妹を、裏切ることだった。

わたしはベルさんに電話をかけた。そして、わたしに何が起こったかを話し、これからベルさんにどういうことが起こる可能性があり、わたしがそれをどう心配しているかを説明した。ベルさんは「わかった」と言ってくれた。わたしができるのは、そこまでだった。

それからも連日、わたしはベルさんの家に行き、二人で妹たちを説得するメールを書いては送り続けた。そして七月九日、ついに誤解を解くことができ、もう一度「二人でアメリカへいらっしゃい」と言ってもらうことができた。日程も、九月二十六日から五泊七日と決まった。

心からほっとしたその三日後、日課であるベルさんからの朝のフェイスブック・メッセージが、来なかった。特訓開始以来はじめてのことで、嫌な予感がした。昼前にこちらからメッセージを送ってみたが、返信もなかった。ますます嫌な予感がした。

そしてその晩、ベルさんから電話がかかってきた。はじめから険のある声で、わたしのせいで七月の渡米が中止になったと、罵ってきた。

「ベルさん、どうしたの？　何かあったの？」

できるだけ優しく訊ねたが、憤りが高まるばかりのベルさんは、

「どうしてわたしに断りなく、中止を決めたの！」

と怒声を上げた。

「中止を言ってきたのはわたしじゃなく、妹さんたちなんだよ。そう説明したでしょう。わたしは、妹さんたちの意向を呑んだの」

「いいや、そんなの聞いてない」

「ちゃんと電話をして、話したよ。日記にもそう書いてある」

この本の執筆のために、わたしはお母さん探しの日から日記をつけていた。

「だけど、わたしに言う前に、わたしに断りなく中止にしたでしょう」

それは確かにそうだった。ベルさんへの報告は、なるべく彼女の心を掻き乱さないよう、あらかた決まった段階でするように心がけていたからだ。しかし、それを今彼女に言っても、火に油を注ぐことになるのは目に見えていた。

「ごめんなさい。でもわたしには、妹さんたちの意向を受け入れる選択しかなかったし、そうするべきだと思ったの」

「それはえっちゃんの勝手な考えでしょ。中止にする前にわたしに言って欲しかった」

胃がきりきりしてきた。

「言ってたら、どうだっていうの？」

「わたしが何とかうまくやった」

唖然とした。「難しいことはわかんないから、何もかもえっちゃんに任せる」と言って、本当に何もかもわたしに頼ってきたくせに、何を今さら！　と言い返したい衝動にかられた。歯を食いしばって堪《こら》えようとしたが、

「そういうことがベルさんにはできないから、わたしがやってきたんでしょう」

つい、声を荒らげてしまった。しまったと思ったが、あとの祭りだ。

「テレビ局のみんなと一緒に、七月にアメリカに行きたかった。わたしはディレクターさ

んを信頼してる。えっちゃんは信じられない」

ベルさんはそう怒鳴ってから一瞬黙り、「これ以上喋るとおかしなことを言っちゃいそうだから、切る」と震える声で言って、一方的に電話を切った。


ベルさんのお母さん探しを請け負い、探し当て、妹たちとコンタクトを取り、アメリカ行きを考え始めた頃、雑魚寝の水島さんからニコニコ笑顔で「頑張って。でも僕は、絶対に関わらないからね」と言われた。

「どうして？」

「僕はベルのことをよーく知ってるから、これからどんなことが起こるか、だいたい想像できる。それには、巻き込まれたくない。でも、応援はしてるからね。僕だって、ベルのお母さんを探してあげたいって、ずっと思ってきたんだから」

人生を悲観して生活が荒れていたベルさんに「どんなことがあっても、僕はベルのそばにいるから」と声をかけ、それを実践し、長年彼女をサポートしてきた水島さんだったが、数年前から二人の間には距離ができていた。

詳しくは書かないが、水島さんから話を聞いたとき、わたしの口から出たのは、

「それは、遅れてやって来たベルさんの思春期なんじゃないかな。彼女は児童養護施設か

ら、いきなり大人の世界に入ったでしょう。今そのときが来て、水島さんから飛び立とうとしているのかも」

だった。周りの大人が鬱陶《うっとう》しくなり、何もかも一人でやりたくなった思春期の自分と、そのときのベルさんの言動が重なって見えたのだ。

「そうかもしれない。だったら、僕の役目は終わったな」

以来、二人には距離ができた。だからベルさんは、膝の手術のときもわたしに保証人を頼んできた。二人の関係が変わったせいで、わたしとベルさんの距離が縮まったとも言える。そんな様子を見て、水島さんはよく「ベルのことは、えっちゃんがいてくれるから安心してるよ」と言う。そのたびに、わたしは頭《かぶり》を振る。とても彼のようにはできないと、重々わかっているからだ。

そんな人だから、アメリカ行きという大事案を前にして、親密になったベルさんとわたしの間にどんなことが起きるか、容易に想像できたのだろう。わたし自身も、何もないとは思っていなかった。ベルさんが一筋縄ではいかないことは、よく知っているつもりだった。

しかし、こう来るとは。

覚悟していた以上に、苦しかった。しかしああ言われているからには、水島さんに相談はできない。その後も電話やメールでベルさんから詰《なじ》られ続けながら、わたしは一人で耐えた。

ベルさんの怒りの種は、日ごとに増えた。クラウドファンディングの支援金の使い道を聞いていないと言い出したり、妹たちの誤解を解くために二人で苦労して書いたメールの内容を非難してきたり、プロの通訳を雇わなければアメリカに行かないと言い張ったり、その他まったく覚えのないことまで引き合いに出して、激しく怒りをぶつけてきた。

そのたびに説明を試みたが、聞いてもらえなかった。「納得できた」と言ってくれても、しばらく経つとまた、同じ詰問をしてくる。「この間はごめん」と謝ってきたかと思うと、すぐにまた罵声を浴びせてくる。どれだけ言葉を尽くしても、わたしへの疑念は払拭されない。やりきれなかった。

「ベルが怒るのは、不安なとき」

水島さんからそう聞いていたので、ベルさんの罵倒は本心ではなく、ただ不安なだけなのだと自分に言い聞かせもした。それでも、投げつけられる言葉にわたしは傷ついた。

さらには、わたしを通さずに、ベルさんの撮影が続けられていたことも知ってしまった。そこまで信頼を失ったのか。そう思ったら体からも魂からも力が抜け、書き始めていたこの本の原稿にも、まったく手をつけられなくなってしまった。ディレクターにも裏切られた気分だった。ベルさんへの友情、愛情が、霧散しかかっていた。わたしが最も恐れていたことだ。

これはまずいと、とうとう水島さんに助けを求めた。彼の助言を受け、わたしはベルさんが今、最も「信頼している」人を頼ることにした。ディレクターに、七月の渡米が中止になった経緯を正しくベルさんに説明して欲しいとお願いしたのだ。「ベルさんが話を聞いてくれるのはあなただけなので、どうかお願いします」と、平身低頭の態度で頼んだ。

数日後、ベルさんから会いたいと電話がかかってきて、翌日家を訪ねた。

「ひどいことを言ってごめんね。えっちゃんとアメリカに行くよ」

アメリカへ出発する日の、ちょうど一か月前のことだった。ほっとしたものの、気持ちは複雑なままだった。

＊＊＊

わたしに全幅の信頼をおいてくれていたベルさんが、なぜそれを失ってしまったのか。理由を知りたかった。ベルさんへの気持ちが離れかけてしまっている今、そこを理解しないと、わだかまりを持ったまま二人でアメリカに行くことになる。それは避けたい。

ベルさんの豹変は、何かきっかけがあったにせよ、彼女の強い猜疑心からきていることは間違いなかった。本人もよく「わたしは人を信じられない」と言って、そのせいで何度もトラブルを経験している。

その猜疑心は、お母さんから「お利口さんにしてたら迎えに来る」という約束を破られて以来、人を信じられなくなってしまったベルさんの、心の傷から流れ続けている膿《うみ》だ。

聖母愛児園から『児童家庭支援センター みなと』に異動された工藤さんと、天使の園の畠山さんに、ベルさんのような境遇の子供が抱える猜疑心について訊いてみた。すると、お二人ともが挙げられたのが「愛着（アタッチメント）」の問題だった。

自分なりに調べて、以下のようなことがわかった。

愛着とは、乳幼児が養育者との間に築いていく心理的な結びつきのことを言う。不快や不安、恐怖などの危機的な場面で、子供が養育者に触れ、世話をしてもらったり守られたりする過程で、形成されていく。そしてそれが深まっていくと、養育者は子供の安全地帯、拠り所という、成長に欠かせない存在になる。

愛着の形成に失敗すると、人を信頼するという基本的な感覚が欠如してしまう。治療しなければ、大人になってもそれは継続する。愛着障害が原因で、情緒的な面や人間関係形成に問題を抱えてしまうこともある。具体的には、怒りをコントロールできない／傷つき易い／ものごとを好き・嫌い、良い・悪いなどゼロか百かでしか捉えることできない／過去を引きずり易い、など。

大人まで持ち越してしまった場合の症例に、ベルさんのわたしへの態度が重なる。

ベルさんは、おそらく乳児期に天使病院のベビーホームに預けられた。畠山さんは、当時のベビーホームでは、シスターたちが丁寧に関わってくれていたとはいえ、十分な人数ではなく、子供の立場からすれば必要な愛情を感じられなかった可能性もある、と言っていた。

ベルさんの場合は、それにお母さんの裏切りと喪失が上乗せされたのだ。彼女の人格形成に愛着障害の影響があったことは、大いに考えられる。

わたしがｎｏｔｅに無料公開したこの本の第一章を読んだ心理士の方は、ベルさんの幼少時代をひと言で「毎日がサバイバル」と表現した。そうだとすれば、幼児期に経験した風呂場での虐待や、心ない教師やシスターの言動など、傷つけられることの多かったベルさんにとって、〝猜疑心〟は自分を守る唯一の武器だったのかもしれない。また〝怒り〟も、ベルさんの防衛本能からきている可能性がある。

わたしも含め、最も親しく大事にしていた人との関係を、些細なことから疑ったり制御不能な怒りを爆発させたりして、ぶち壊してしまうベルさんの行動も、自分が傷つくのを避けるための自衛手段として、とってしまうものなのかもしれない。

傷つくのを避けるために、自分が最も信頼すべき人を疑わずにおれないとは、なんと難儀な人生だろうか。正直わたしには、ベルさんのそうした問題を引き受ける度量がない。それができるのは、きっと家族だけだ。

妹たちと触れ合い、家族を知っていくことで、ベルさんが少しでもその苦悩から解き放たれますように。アメリカ行きの準備をしながら、わたしは祈った。

第五章　家族

一日目（二〇二三年九月二十六日）

ろくに眠れぬまま、朝を迎えた。前の晩、ユナイテッド航空から、わたしたちが乗る便の羽田空港出発時間が二時間遅れるというメールを受け取っていたので、気が気でなかったのだ。

遅延の理由は〝乗務員が連邦法に則った十分な休息をとれていなかったため〟とのことだった。過労のパイロットが操縦する飛行機に乗るよりはいい、と自分に言い聞かせつつも、本音は泣きたい気分だった。

わたしの不安が察知されてしまったら、ベルさんがまたパニックを起こしかねない。それはまた怒りとなって、わたしに向かってくるだろう。サンドバッグをやり過ぎたわたしには、もうそれを受け止める気力も体力も残っていなかった。あの二の舞いは絶対にご免だ。アメリカ旅行がすべて台無しになってしまう。

旅行代理店のオープンを待てずに、担当者の携帯電話へショートメッセージを送り、対処をお願いした。会社に着いた彼から連絡が来て、別の便への変更か、そのまま遅延の飛行機で行き、乗り継ぎの便を一本遅らせるかの選択を迫られた。相談相手もなく、遅延の便に乗っていくほうを選んだ。

目的地のノースカロライナ州ローリー・ダーラム空港への到着時間は、当初の予定の夕方六時から、深夜にずれてしまった。迎えを頼んでいたジャネットさんに連絡すると、「No problem」と返事をくれた。「大丈夫、安心して」と言われたようで、心底ほっとした。ベルさんに電話をし、事情を説明して羽田空港での待ち合わせ時間を遅らせた。反応が怖かったが、彼女は、「あ、そう。大丈夫よ」と呑気なものだった。

しかしわたしの胸には、不安が残ったままだった。

なんて幸先の悪い出発なんだろう。

リムジンバスが羽田空港に近づくと、さらに気分は落ち込んだ。大好きな空港の景色を見ながらこんな気持ちになったのは、はじめてのことだった。

そのとき、幸子さんのことが頭をよぎった。

六十年ほど前、英語もままならず、幼い子供を二人抱えて、何の知識もない夫の故郷へ向かって旅立とうとしていた彼女は、今のわたしの何十倍もの不安を抱えていたに違いない。そう思うと、少し勇気づけられた。

羽田空港に着き、ロビーで待っていると、ベルさんがスーツケースをステッキ代わりにして歩いてきた。彼女の満面の笑みを見て、わたしの気持ちも少し晴れた。

前もって予約をしておいたので、チェックインとともにベルさんは車椅子に乗せてもらえた。航空会社の人がつききりで押してくれ、ゲートまで連れて行ってくれる。途中の乗り継ぎ空港でも、到着空港でも、同様にスタッフがケアしてくれるというので、心強かった。

羽田発ワシントン・ダレス空港行きの便は、遅延のため多数のキャンセルが出たらしくガラ空きで、わたしもベルさんも中央の四席一列を陣取ることができ、眠くなれば横になれた。フライト中、わたしはパソコンを出して仕事をしたり映画を観たりしていたが、ベルさんはご飯を食べているとき以外は、ほとんど横になっていた。

彼女がたまに起きたときは、大声がするのですぐにわかった。雑誌一つ持ってきていないので、暇な時間はもっぱら誰かとのお喋りに費やしていたのだ。臆することなく誰にでも明るく声をかけるベルさんの社交性の高さには、正直驚いた。相手は通路を挟んで隣り合わせた黒人の若い男の子や、日本人の客室乗務員だった。特に客室乗務員は、一度捕まると長時間相手をさせられていたが、少しも嫌な顔をせず、ベルさんの気が済むまでつき合ってくれたので助かった。おかげで、ベルさんは機上で終始上機嫌だった。

ワシントン・ダレス空港で乗り換え、ローリー・ダーラム空港に着くとすぐ、ジャネットさんにメールを打った。深夜になってしまったにもかかわらず、彼女は車で迎えにきてくれている。「駐車場が満杯なので、車寄せの4番で待っている」という返信を読みながら出口を抜けると、前方で「わっ」と声が上がった。

スマートフォンから顔を上げると、目の前にあった「4」の看板の下で、ベルさんが車椅子から身を乗り出しており、向こうからは両手を広げたジャネットさんが、歩み寄ってくるところだった。

「Don't cry, don't cry」

ジャネットさんが言い、その首にぶら下がるようにして抱きついたベルさんが、泣いているのがわかった。

車椅子を押してきてくれた航空会社のスタッフに礼を言って車椅子を返し、ジャネットさんと慌ただしく挨拶を交わすと、わたしたちは彼女の赤いSUVに乗り込んだ。

空港から彼女の住む街までは、およそ一時間のドライブだった。はじめて訪れたノースカロライナの街はすっかり闇に沈んでいたが、鬱蒼と茂る木々の影が続き、自然豊かな田舎町であることだけはわかった。

ジャネットさんの家から車で五分というホテルに着いた。彼女の家のリフォームは終わっていたが、それまでにいろいろとあったことを考え、わたしたちはホテルに泊まることにしていた。予算の関係で、2ダブルベッドの一部屋だ（アメリカのホテルの部屋代は、宿泊人数は問わない）。

「ゆっくり寝て、目が覚めたら電話してちょうだい」

そう言って、部屋を立ち去ろうとするジャネットさんに、ベルさんは再び抱きつくようにハグをした。

二日目（九月二十七日）

午後一時、ホテルまでジャネットさんが車で迎えにきてくれ、お母さんの墓参りのため、退役軍人墓地に向かった。

到着した墓地は広大で、青々とした芝生に無数と言いたくなるほどの数の墓石が、整然と並んでいた。この春に故郷に戻ってきたばかりのジャネットさんは、長いこと墓参していなかったらしく、幸子さんのお墓をなかなか見つけられなかった。見かねた管理人らしき人がやってきて調べてくれて、やっと見つけることができた。

墓前でジャネットさんと抱き合ってひとしきり泣いたあと、ベルさんは、日本で書いてきた手紙を広げた。そしてそれを、大きな声で読み上げた。

（文面すべて、ベルさんの筆のママ）

お母さんは、父のことが好きだったのかな

私が生れたときどんな気持だったのかな

ごたいまんぞくで生れてきてありがとう。

2才で私はしせつにあずけられました。

小学校4年生ときお母さんは私に会いに来てくれました。

お母さんとゆったらそうだといってお母さん迎えに来てねとゆって74才いちどもむかえにこなかった。

同級生の男におまえのお母さんはパンスケ、きたない。はらがたってとくみやのけんかおしてそれから大人は信じることができなくなった。

50才学校に行っていろんなことを学んで人を信じることとおそわった。

友達も沢山できて自分がなやんだりしたとき相談する相手がいるだけですくわれる

子供の幸せは大人が守るべきだと思います。

教育は大人が子供にうけさせるぎむだと思います。

母に生でくれて、感謝しています。

妹さんを生でくれてありがとうございます。

お母さんは幸せでした。生きているときに沢山話しをしたかったです。だきしめてほしかったです。

母は私の心の中にいてくれます。

ありがとうございます。綺麗な名前をくださってありがとうございました。

大好きなお母さん。

２０２３年令和４年９月２６日
堤麗子

短いが、ベルさんの苦難の人生がみっしり詰まった手紙だった。

ベルさんは生後すぐベビーホームに預けられた可能性が高いことや、お母さんが面会に来たのは小学三年生のときだったことは、調査で判明するたびに伝えていたが、たくさんの情報が一気に入ってきて、覚えきれていないのだろう。出版されたこの本を読むことで、少しずつでも自分の人生を把握してくれればいいなと思う。

墓参りのあと、かつては幸子さん一家が暮らしていた、今はジャネットさんの自宅となった家へ行った。リフォームを終えたばかりなので、中はすべて新しく整っており、昔の面影はないとのことだった。

リビングの壁には、家族の写真がたくさん飾ってあった。幸子さんの写真もあった。その中には、日本で撮影されたらしいものもあった。その一つ一つを、ジャネットさんの説明を受けながら、ベルさんはじっと見つめていた。

「ここに、麗子の写真も飾る予定よ」

そう言われて、嬉しそうだった。

ベルさんが、トイレに行ったときのことだ。ジャネットさんがふいに、

「明日、Dが来ます」

と言った。

「は？」

何を言われたのか、一瞬わからなかった。

「わからない？　メリーランドにいる、わたしたちのもう一人の兄弟のことよ」

「わかります。だって、わたしが探し出したんだもの」

答えながら、心臓が高鳴った。

Dさんとは、ベルさんがお母さんとともにずっと探していた弟、ジニヤさんのことだ。

生後半年あまりで米国人に養子にもらわれた彼は、Dという名前に変わっていた。わたしとベルさんは彼にも手紙を出していたが、とうとう返信は来なかった。だから「きっと、関わりたくないんだね。そっとしておこう」と、接触をあきらめていたのだ。それでも血の繋がったきょうだいなのだからと、姉妹には彼についてわかっていることを伝えてあった。

「彼が、明日ここに来ます」

「えっ。どういうこと？　あなたたち、彼に連絡したんですか？」

「そう。実はわたしたち、Dと連絡を取り合って、すでに六月に会っているの。麗子が来ると知って、彼も急遽ここに来ることになりました。さっき、ウォルマートであなたが水を買いに行っているときに、翻訳アプリを使って麗子に伝えたんだけど、彼女、理解できていないかもしれない」

「できていませんね。わたしに何も言いませんから」

トイレから戻ったベルさんに話すと、やはり理解していなかった。

「ベルさん、明日ジニヤさんが来るんだって」

そう伝えると、ベルさんは仰天し、わっと泣き出した。

謎が解けた。六月といえば、ドキュメンタリー撮影の件で姉妹に交渉を続けてこじれているときだ。彼らはその頃、Dさんと会っていたのだ。そして、誰一人テレビと関わりたくなく、あくまでも家族だけで面会しようと話し合っていたのだ。Dさんは、軍で高官に上りつめた人だ。特にメディアへの露出は避けたかっただろう。

七月の渡米を中止にして、二人きりでアメリカに来て、本当によかったのだ。

三日目(九月二十八日)

朝、Rさんからベルさんに「二人だけで朝食をとりたい」とメールが来た。つまり、わたし抜きでということだ。ジャネットさんからは感じなかった「拒否」を、わたしはこのときはじめて感じた。

現役で働く多忙なRさんと、ベルさんはこの日の朝、ホテルのロビーで対面することができた。

「Dは今、車でこちらに向かっているところです」

挨拶のあと、Rさんが言う。

メリーランドからノースカロライナまで、車では五時間かかる。Dさんは、本当に急に来ることを決めて、飛行機が取れなかったのかもしれない。

　ジャネットさんが迎えにきてくれたとき、到着ロビーではなく、外の道路に車を停めた状態で待っていて、慌ただしい対面だったことや、そこからホテルに向かう車中ではなく、翌日になってDさんが来ることを知らせてきたことの意味を、考えずにはおれなかった。本人たちに確認してはいないが、もしかしたら彼女たちは、本当にわたしたちが二人だけで来たのか、こっそり後ろから撮影クルーがついてきていないか、確認するまではDさんを呼べなかったのではないだろうか。ジャネットさんは九月に入ってさえ、メールに「テレビのクルーは来ないでしょうね？」と、何度も繰り返し書いてきていた。

　わたしがそんなことを考えている間にも、Rさんは翻訳機を使い、ベルさんとの会話を試みていた。しかしベルさんは、言いたいことを的確に翻訳機に語りかけることができない。また、翻訳機を通した相手の少しおかしな文章も、適切な想像力が働かず、言わんとしていることを摑むことができない。

　心配はあったが、仲良く手を取って楽しそうに笑い合う二人を見ていると、「何とかなるだろう」という気がしてきた。Rさんの陽気な雰囲気のせいか、ベルさんの表情にも不安は欠片もなかった。この数分で、もう本当に姉妹のようなのだ。

　わたしは二人を見送ると、一人ホテルに残り、執筆に没頭した。

午後、ホテルに帰ってきたベルさんは、わたしが座っていたソファーの隣に腰掛けると、マシンガンのように話しだした。

Rさんの家がいかに豪華だったか、彼女の靴とバッグのコレクションがいかに素晴らしかったか、飼い犬がいかに可愛かったか、連れて行ってもらったレストランがいかに素敵だったか。

翻訳アプリでどこまで通じ合ったかわからないが、ベルさんの顔は幸福で満ちあふれていた。それでいいじゃないかと思えた。

夜、家族たちが集まったのは、街一番というステーキハウスだった。

実はこのディナーも、Rさんは当初「家族だけで」と言っていた。ジニヤさん探しにも尽力したわたしとしては不本意だったが、「それがあなたたちのご意向なら、尊重いたします。ご家族でいい時間をお過ごしください」と返答してあった。

しかししばらくして、ジャネットさんから、

Rと相談し、あなたもご招待することにしました。あなたの通訳でよりよいコミニュケーションがとれるでしょう。ただし、Rはあなたに写真を撮ったりメモを取ったりして欲しく

ないと言っています。

というメッセージが来た。

素直に感謝して、参加させてもらうことにした。もちろんメモ帳は持たず、スマートフォンにも触らないと約束して。

ジャネットさんの車で店の駐車場に着いたとき、Rさん夫婦とハグし合っている男性が見えた。Dさんだと、ベルさんもわたしもすぐにわかった。去年彼を見つけてから、何度見たかわからない顔だ。ウィキペディアには画像が、YouTubeにはいくつもの動画があった。そのおかげで、わたしたちは様々な表情の彼を知っているのだ。

車を降りると、ベルさんとDさんは、引力でもあるかのように歩み寄り、しっかりと抱き合った。

Dさんに、なぜわたしたちが出した手紙に返事をくれなかったのかと訊ねると、

「詐欺だと思ったんだよ。そんな手紙やメールはしょっちゅう来るから。だから、ジャネットとRから電話をもらうまで、あなたたちからの手紙が本物だとは思っていなかった」

という答えが返ってきた。

店に入りテーブルに着くと、そこはもう「家族」の空間になっていた。わたし一人が他

人で、居心地悪く感じる瞬間があったほどだった。終始賑やかなおしゃべりが続き、わたしは下手くそな英語で、ベルさんの通訳に徹していた。ベルさんには話したいことがたくさんあって、わたしはゆっくり食べる暇もなかった。

そんな中、Dさんがわたしに職業を訊ねてくれ、小説家だと答えると、本は何冊出ているのかとさらに質問をしてくれ、それに答えると「成功おめでとう」と言ってくれた。想像していたとおりの、優しくて紳士的な人だった。二人の兄弟を亡くしたばかりの姉妹が、ずっと一緒に暮らしてきた兄のようにして、彼に甘えている姿が羨ましかった。そしてそこに、ベルさんがすっかり馴染んでいたことも、わたしには羨ましく映った。

その晩ホテルで、ベルさんがしみじみと、

「えっちゃん、ありがとう。本当にえっちゃんと二人だけで来てよかった。もしもテレビの人たちと来ていたら、ジニヤは絶対に来なかったと思う。本当にありがとう」

そう言ってくれた。やっと報われた気がした。わだかまりも解けていくようだった。

四日目(九月二十九日)

朝、ジャネットさんの車でRさんの家へ行き、この日早くにメリーランドへ帰ってしまうDさんに、姉妹たち全員でビデオチャットで挨拶した。

会話の様子から、どうやら帰りは飛行機らしく、そのため宿泊ホテルが遠方で、直接さようならが言えなかったようだ。ノースカロライナまで来た車はレンタカーの乗り捨てか、Uberだったのだろうか。どちらにせよ、本当に急に時間を作って来てくれたのがわかる。


Rさんはこの日も仕事があったため、ベルさんとわたしはジャネットさんの案内で、軍の基地を見学しに行くことになった。

車が基地のある町、ファイエットビルに入ってしばらくすると、

「あれはマーケット・ハウス。昔、奴隷市場だった跡です」

と言って、ジャネットさんがある建造物を指差した。

父親が黒人である彼女の口から「Slave《スレイブ》（奴隷）」という言葉が出たので、ドキッとした。

ここは南部なのだ。

基地は、残念なことに外国人の見学が禁止で、入ることができなかった。このときは知らなかったが、後日調べてみたところ、そこはアメリカ最大の軍事施設『フォートリバティ』だった。ジャネットさんは「9・11以降、何もかもが厳しくなって嫌になる」と言っていたが、無理もなかろうと納得する。

ダウンタウンに戻ると昼時になったので、サザン・フードのレストランに行くことになった。いわゆるソウルフードというやつだ。店内はビュッフェ式で、肉、魚、豆、野菜を使った料理が、ずらっと並んでいる。揚げ物ばかりなのに、野菜が多いせいかしつこく感じず、どれもこれもとても美味しかった。ベルさんは、特に魚のフライを気に入った。

料理の中に、手に持ったらすっぽり隠れるくらいの大きさの、球体の揚げ物があった。

「これは、ハッシュパピーっていうの。名前の由来を知っている？」

ジャネットさんが言う。

「いいえ」

「昔、奴隷が逃亡を図ったときに、追手の犬を黙らせるために、これをポケットに忍ばせておいて、犬が来たら撒いたの。だからHush（しーっ！）Puppy（子犬）」

また「Slave」という単語が彼女の口から出た。笑って話してくれているが、こちらの胸にはズシッと重たいものが載ってくる。

ジャネットさんからは、幼い頃の思い出として、人種差別の話も聞いていた。日本から戻ったばかりの頃、この地域にはまだはっきりと人種差別があったが、日本人の幸子さんにはそれがよく理解できず、困っていたという話だった。

そういう幸子さんを、夫のルイスさんは尊敬の念を持ってフォローしていたという。彼女の英語の発音を子供たちがからかうと、ルイスさんは彼らを厳しく叱った。とても優しい父親だったが、お母さんのことになると叱られたと、ジャネットさんは微笑みながら話してくれた。

「お母さんは、愛されていたんだね」

ベルさんは、嬉しそうだった。


午後はそこから車で一時間ほどかけて、ビーチへ海を見に行った。

靴を脱いで海に足を浸し、気持ちのいい風と光を浴びた。ベルさんとジャネットさんは手をつなぎ、暖かな浜辺を歩いた。二人の背丈はちょうど同じで、体形もよく似ている。うしろ姿を、そっと写真に撮った。

帰り道、ジャネットさんから意外なことを聞いた。幸子さんが夫を亡くしたあと、日本から彼女の兄弟がアメリカに来たというのだ。その時点で幸子さんの兄二人は亡くなっているので、三人いる弟のうちの誰かということになる。当時すでにカリフォルニアで働いていたジャネットさんは、叔父に会っておらず、名前もわからない。

幸子さんと弟はワシントンで会ったが、そこで弟が荷物を紛失し、狼狽《ろうばい》した幸子さんからカリフォルニアのジャネットさんに、電話がかかってきたという。

「ワシントンから助けを求められても、何もできないのに。おかしいでしょう。母ってそういう人だったの」

くすくす笑って、ジャネットさんは言った。そして、そういえばと付け足した。

「父もベトナム勤務中に一度、日本の叔父に会いに東京に行ったことがあるって言ってた。でも、結局会えなかったって」

驚いた。家族とは絶縁して結婚し、渡米したとばかり思っていた幸子さんだが、結婚後も連絡を取り合っていた弟がいたのだ。ベルさんとパパが会った叔父さんと同一人物なのかどうか、気になるところだが、もう調べようがない。

五日目（九月三十日）

この日は、カレッジ対抗のフットボールの試合を観戦するため、車で三時間ほどかけて州最大の都市シャーロットへ行った。ここにあるデビッドソン大学で、Rさんの息子、ベルさんにとっては甥にあたるBさんが、チームのコーチを務めているのだ。彼は数年前まではここの学生で、チームを率いるキャプテンを務めたスター選手だった。

会場に着くと、外のあちこちにテントが建てられ、フットボールに因んだゲームが行われていたりして、お祭りの雰囲気だった。自然と気持ちもウキウキしてくる。

ベルさんは、スポーツ観戦が大好きだと言って、はしゃいでいた。彼女もわたしも、アメリカンフットボールを生で観るのははじめてで、ルールもわからなかったが、ビールを飲んだり着ぐるみのマスコットと一緒に写真を撮ったり、チアリーダーたちの可愛い応援を眺めたりと、大いに楽しんだ。試合の結果は、デビッドソン大学の勝利だった。

近くのレストランでみんなで食事をし、デザートも終えた頃、仕事を終えたBさんが、ベルさんに会いにやってきてくれた。彼も、現役選手時代の動画がYouTubeで観れたので、はじめて会う気がしなかった。

これでベルさんは、アメリカの親族、全員に会うことができた。短い時間だったが、言葉を交わし、笑い合い、ぞんぶんに触れ合った。

母親のRさんよりも、何かとBさんの世話を焼いているジャネットさんの様子を見て、ベルさんが、

「甥っ子って、そんなに可愛いものなのかしら」

と訊いてきた。

「そりゃあ可愛いよ。わたしも姪が可愛くてしかたないから、よくわかる」

そう答えると、ベルさんは小さく「ふうん」と言った。家族というものの感覚を、噛み

しめているようだった。

六日目（十月一日）

アメリカ、最後の日となった。

朝、この日も仕事のRさんが、自宅で朝食を振る舞ってくれた。ベルさん、ジャネットさん、Rさんの三姉妹が揃い、Rさん夫婦が用意してくれた朝食をいただいた。彼らの話題の中心は、来年日本に行く時期の選定と、ベルさんにiPhoneを持たせる計画だった。どうやら、Dさんも含めた家族全員でグループを作って会話をするアプリは、iPhoneだけで使えるもののようで、彼らは自分たちが費用を出してでも、ベルさんにiPhoneを持たせたいと言う。

ベルさんが不安げだったので、わたしは彼女のスマートフォンスキルについて、一応説明をした。あとはもう、家族に任せる。

食事を終えると、姉妹からベルさんに、一枚の浴衣が手渡された。幸子さんの遺品だった。ベルさんは感激して涙ぐみながら、それを優しく抱きしめた。着物姿で赤ん坊のジャネットさんを抱き、ベルさんに会いに来たお母さんのことを、思い出しているのかもしれなかった。

惜しみつつ、そこでRさんとはお別れし、ベルさんとわたしはジャネットさんの車で、ローリー・ダーラム空港まで送ってもらった。

車中でジャネットさんから、

「えつさん、麗子をいろいろとケアしてくれたこと、本当にありがとう」

と言ってもらい、両肩から重荷がすっと下りた。

空港ではベルさんも、

「えっちゃん、ありがとう。本当に感謝してる」

と言ってくれた。

ベルさんと彼女の家族全員に、わたしのほうこそ「ありがとう」だ。


長い長い、旅路が終わった。

今まで「家族」を知らなかったベルさんは、まだピンときていないかもしれない。しかし、これから彼らと交流を重ねながら、じわじわと、少しずつでも、家族を実感していって欲しいと心から願う。

アメリカの家族たちは、日本への旅行計画を着々と進めているようだ。ベルさんは、自分の、そしてお母さんの生まれ故郷である北海道を案内したいと、楽しみにしている。
そのときにはもう、わたしは必要ないかもしれない。それでいいと思う。

あとがき

二〇二三年十月二日にアメリカから帰って、三か月あまりになります。その間、わたしはこの本の執筆にかかりきりで、ベルさんには一度しか会っていません。それは、一月のある晴れた朝のことでした。

新宿の伊勢丹百貨店の一階。そこが、わたしとベルさんのいつもの待ち合わせ場所です。脚の悪いベルさんは到着時間が読めないため、早めに家を出てたいてい約束より早く着いてしまうので、ベンチがあって空調の効いている百貨店が最適なのです。

はじめてここで待ち合わせをしたのは、二〇二二年の夏、見つかった幸子さんとその家族について報告をするためでした。次は、ジニヤさんが見つかったときだったでしょうか。ベルさんが、ごちそうをしてくれると夕食に誘ってくれたときもここでした。彼女の行きつけのバーに連れて行ってくれたときも、クラウドファンディングの宣伝のためにチラシ配りをしたときも、ここでした。

久し振りの待ち合わせは、この本のカバーに使う写真を撮影するためでした。亜紀書房の編集者内藤さんと二人で待っていると、ベルさんがステッキをつきながら宝石売り場を歩いてきました。片耳の部分に花飾りがついた紫色の帽子をかぶり、首にはグレーのフェイクファーのマフラーを着け、黒いコートの下には、鮮やかなピンクの上着を着ています。お化粧もしっかり施され、遠くからでも人目を引くその華やかな姿には、いつものことながら、スポットライトが当たっているような錯覚さえ覚えました。

カメラマンの吉田亮人さんとも合流し、撮影場所のゴールデン街に向かいました。かつての青線地帯の名残がある、酒場街です。

わたしがネット上に無料公開しているこの本の第一章が新宿の風景から始まることや、彼女の経歴から、そこが選ばれたのだと思います。実際ベルさんはストリッパーだった頃、その近所にあった劇場で仕事をしたあと、よくゴールデン街で飲み明かしたそうです。

しかしわたしは、この本を書くと決めた一年半前から、もしもカバーにベルさんの写真を使うなら、夜の街ではなく明るく清らかな場所、たとえばカトリック教会の聖堂だと思っていました。

それには、理由があります。ベルさんと親しくなった頃、アルバムを見せてもらったときのことです。それはたった一冊で、中身はストリッパー時代のものがほんの数

枚、あとは三十代後半以降のものばかりでした。わたしが美しい踊り子姿の一枚を褒めると、ベルさんは、

「その頃の写真は大っ嫌い。だからほとんど捨てちゃったの。よく見てごらん、確かに綺麗かもしれないけど、怖い顔してるでしょ。一枚も、笑ってないでしょ」

と言うのです。

確かに、ぞっとするような美しい顔は、どれも固い表情でした。一方、他の写真は太っているし、化粧もあまりしていなかったりと美人度は下がっていますが、どれもこれもみんな笑っているのです。

「太っていても、皺があっても、わたしはこっちのほうが好き。特に夜間中学に行ってからあとの、自分の顔が大好き」

そのときは「ふうん、そういうものかな。わたしがこんな美人だったら、若い頃の一枚をパネルにして部屋に飾っちゃうかも」などと思っていましたが、お母さん探しをきっかけに彼女の人生を知っていく中で、この笑顔にどれほど重い意味があるのか、わかってきたのです。

わたしのそうした思いもあり、撮影は午前中のゴールデン街と、隣の花園神社の境内になりました。明るい背景の中で穏やかに微笑むベルさんは、とても綺麗でした。

アネッタ、麗子、ベル。三つの名前を生きてきた彼女の、ほんの上辺しか、わたしはこの本で描けなかったかもしれません。それでも、この一人の女性が折々に背負ってきたものに、一人でも多くの読者が心を寄せ、そこから何かを考えてくださることを願います。

この本は、たくさんの人たちのご協力で完成しました。

特に雑魚寝の水島さんには、ベルさんとのエピソードを語ってもらうだけにとどまらず、彼女との間に問題が起こった際、多くの時間を割いて相談に乗ってもらいました。

天使の園の施設長畠山さん、元聖母愛児園の施設長で現児童家庭支援センター みなとの工藤さん、同施設の心理士・和田先生には、調査において大変お世話になりました。

また、クラウドファンディングでご支援くださった皆様のおかげで、ベルさんは夢だったお母さんのお墓参りをし、弟、妹たち、甥にも会うことができました。

調査から執筆までの間、何度も困難にぶつかっては苦しむわたしを、広く深い愛情で支えてくれたのは、友人たちと家族でした。

こうした皆さんの支えがなければ、わたしはこの本を、最後まで書ききることはできなかったと思います。

そして誰よりも、自分の夢をあきらめず、たくさんのことを我慢して精一杯わたしに協力してくれたベルさんには、感謝の気持ちでいっぱいです。

心より、感謝を申し上げます。ありがとうございました。

二〇二四年一月

岡部えつ

参考資料

『私たちの証言　北海道終戦史』毎日新聞社編
『さっぽろ文庫37　札幌事件簿』札幌市教育委員会文化資料室編　北海道新聞社
『さっぽろ文庫87　すすきの』札幌市教育委員会文化資料室編集　北海道新聞社
『街娼　実態とその手記』（国立国会図書館蔵）
『平岸百拾年』（国立国会図書館蔵）
『TOURING-TENSHI BY CAMERA』マリアの宣教者フランシスコ修道女会
『新千歳市史』新千歳市史通史編
『「混血児」の戦後史』上田誠二　青弓社
『「混血」と「日本人」　ハーフ・ダブル・ミックスの社会史』下地ローレンス吉孝　青土社
『女たちのアンダーグラウンド　戦後横浜の光と闇』山崎洋子　亜紀書房
『エミーよ　愛の遺書　黒人の夫と混血の愛児へ』金子和代　織物出版
『生きなおす、ことば　書くことのちから‐横浜寿町から』大沢敏郎　太郎次郎社ディタス

〈論文〉

『戦後横浜の「混血孤児」問題と聖母愛児園の活動』西村健

『戦後の「混血児問題」をめぐって――久布白落実の論考を中心に――』嶺山敦子

『日本占領をジェンダー視点で問い直す――日米合作の性政策と女性の分断――』平井和子

『社会的養護における「愛着障害」概念興隆の2つの山――1940年代後半〜2000年代までの日本の施設養護論の系譜を中心に――』土屋敦

〈ウェブサイト〉

『天使病院100年史』北海道札幌市天使病院

『特集「慰安婦問題を考える」』サイゾーウーマン

『Children of the Angel Guardian Orphanage Franciscan Missionaries of Mary / Hokkaido Japan』ASA Chitose Association

SPECIAL THANKS

クラウドファンディングのプロジェクト**《戦争の落とし子【GIベビー】のベルさんを、アメリカで見つかった肉親に会わせたい》**へご支援くださった皆さま、ありがとうございました。一万円以上のご支援をいただいた方のお名前を掲載させていただきます。(順不同・敬称略)

VELVET SUN
MASAKO
岡部会計事務所 税理士 岡部吾朗
The Harts
岡部 武子
イトウソノミ
西村 健
岡部久美子
熊田聡子
薗部圭人
田島恭子
湊口 龍
金古玲子
工藤則光
Hikaru
rose
木川剛志

亀山綾乃　針谷直子　高橋真裕美　尾崎志保
白坂微恵　山上輝代範　平川朋広　梅北崇行
阿部真希　小倉弘嗣　Kikorin
久保田（忽那）祐子　和田幸子
御於紗馬　阿部佑亮　寺澤宏治　吐夢
剣先あおり　こだま　ヘンリーママ　増沢迅

岡部 えつ（おかべ・えつ）
1964年大阪府生まれ、群馬県育ち。2008年に第3回『幽』怪談文学賞短編部門大賞を受賞。翌年、受賞作を表題とした短篇集『枯骨の恋』でデビュー。14年7月に刊行された『残花繚乱』がTBS木曜ドラマ劇場で「美しき罠～残花繚乱」として連続ドラマ化される。17年公開の映画『嘘を愛する女』の小説版がベストセラーに。著書に『気がつけば地獄』『生き直し』『パパ』『フリー！』などがある。

母《はは》をさがす

GI《ジーアイ》ベビー、ベルさんの戦後《せんご》

2024年3月3日　初版第1刷発行

著者　岡部えつ

発行者　株式会社亜紀書房
〒101-0051
東京都千代田区神田神保町1-32
電話（03）5280-0261
振替00100-9-144037
https://www.akishobo.com

装丁・レイアウト　矢萩多聞
写真　吉田亮人
DTP　コトモモ社
印刷・製本　株式会社トライ
https://www.try-sky.com

Printed in Japan　ISBN978-4-7505-1810-7

女たちのアンダーグラウンド

——戦後横浜の光と闇

山崎 洋子 著

彼女たちは、どこへ消えたのか？

戦後、日本人女性と米兵の間に生まれた子どもたち、経済成長の陰で地を這うように生きた「女たち」はその後どんな運命をたどったのか。

敗戦直後から現在の横浜、北海道、タイを舞台に、声なき者たちのブルースに耳を澄ませる。

華やかな横浜の裏の歴史を描き出すノンフィクション。

四六判／328頁／1,980円（税込）

かけがえのない心

チョ・ヘジン 著／オ・ヨンア 訳

**お母さん、聞こえますか？

私はこうして生きています。**


幼少期、海外養子縁組に出されたナナは、フランスで役者兼劇作家として暮らす。

そんな彼女に突然、人生を変える２つの知らせが届く。

生みの親を知らないナナは、生まれてくる子どものためにも自分が「誰なのか」を見つけようとソウルへ向かう。


現代韓国の歴史の中でなきものとされてきた人たちに、ひと筋の光を差し込む秀作長編小説。

四六判／256頁／1,760円（税込）